U0904279

أوسمانتوس

桂花

阿多尼斯中国题材长诗

[叙利亚] 阿多尼斯 著 薛庆国 译

译林出版社

图书在版编目（CIP）数据

桂花 ：阿多尼斯中国题材长诗 /(叙利亚) 阿多尼斯著；薛庆国译.—南京：译林出版社，2019.11

ISBN 978-7-5447-7998-2

I.①桂… II.①阿… ②薛… III.①叙事诗 - 叙利亚 - 现代 IV.①I376.25

中国版本图书馆 CIP 数据核字（2019）第206012号

著作权合同登记号 图字：10-2019-441 号

桂花 ［叙利亚］阿多尼斯 / 著 薛庆国 / 译

责任编辑 王理行
装帧设计 胡 苨
校 对 张 萍
责任印制 颜 亮

出版发行 译林出版社
地 址 南京市湖南路 1 号 A 楼
邮 箱 yilin@yilin.com
网 址 www.yilin.com
市场热线 025-86633278
排 版 南京展望文化发展有限公司
印 刷 上海中华商务联合印刷有限公司
开 本 787 毫米 ×1092 毫米 1/32
印 张 7.625
插 页 4
版 次 2019 年 11 月第 1 版 2019 年 11 月第 1 次印刷
书 号 ISBN 978-7-5447-7998-2
定 价 48.00 元

2018年10月上旬，阿多尼斯在安徽黄山

2018年10月上旬，阿多尼斯在皖南古村落

2018年9月18日上午，在广州市郊从都国际庄园，阿多尼斯种下了以“阿多尼斯”命名的桂花树

献给薛庆国

目录

一首长诗的诞生

——译者序

薛庆国

金秋时节，桂花熏香了大半个中国。

2018年9月18日上午，广州市郊美丽的从都国际庄园湿地湖畔，阿多尼斯手持一束桂花，一边嗅闻芳香，一边若有所思。刚刚，他在诗人黄礼孩等朋友的陪伴下，种下了身边这棵以“阿多尼斯”命名的桂花树。这也是国际上第三棵以他名字命名的树。他以略带激动的口吻对朋友们说道：“这棵树，让属于我的一部分留在了这里，也让我和中国建立了更为亲密的联系。”

年近九秩的老诗人此次来华，在不到三周的时间里奔波各地，参加了多项活动。在北京，他参加了鲁迅文学院举办的国际作家写作计划；在广州，他接受了“诗歌与人”国际诗歌奖；在成都，他亮相于阿拉伯艺术节的“阿拉伯诗歌之夜”；在南京，他出席了中文版诗集《我的焦虑是一束火花》的首发式。最后，他应我的同事、同乡吴浩之邀，在皖南黄山一带作了一次印象极为深刻的观光之旅。

正值桂花盛开的季节，阿多尼斯足迹所至，处处都闻桂花飘香，他对此留下深刻印象。跟往常一样，他口袋里总是揣着笔记本，随时随地掏出本子记录灵感。一路上他多次表示，要为这次中国之行创作一首长诗，题目就叫《桂花》。

结束中国之行后，阿多尼斯一直和我保持联系。今年3月初，他告诉我诗作已经完成，会很快交给我译成中文。但过了两个多月后，他女儿爱尔瓦德才把诗作的电子版发到我邮箱，并且作了说明：已经九十高龄的父亲虽然身体不错，但近年来记忆力还是明显下降。他在巴黎、贝鲁特都有寓所，平时除了在世界各地旅行，多半时间都在这两地度过。长诗在巴黎完成后，他曾带到贝鲁特润色修改，但后来记不清手稿到底放在哪里，在两地都没有找到，有一段时间甚至陷入绝望。后来，出版社的朋友告诉他，他请人输入电脑的诗稿已经输入完毕。他这才突然想起——原来手稿刚完成，就交给一位熟悉他字体的打字员了！

长诗《桂花》由50首相对独立的诗篇构成，记述了诗人此次中国行，尤其是黄山之行的印象、感受和思考。整部作品不拘一格，叙述、想象与沉思熔于一炉。呈现在他笔下的风光景物，与其说是感官的见闻，不如说是想象和意念的结晶。在黄山，他看到的是“怀孕的自然”和“长有翅膀的石头”，听到的是“孔子之铃的余音”和“宇宙的呐喊”，生发的是“为什么，黄山看起来犹如一只嗅闻天空的鼻子”的疑问。诗人似乎要为“每一颗石子创造双唇和双眼”，仿佛在他笔下，“每一个词语，都长出一簇有声的花儿”。读到这些充满奇思妙想的文字，我不由得想起他走下缆车，来到黄山始信峰时兴奋激动的样子。面对着眼前的峰峦峭壁、奇松怪石，他诗兴大发，掏出本子迅疾地记录，任由满头银发如同一团白云在风中飞舞。

作为一位思想家诗人，阿多尼斯不仅以富有诗意的笔触写景状物，而且触景生思，在诗中屡屡表达他对这个世界的现实与未来的深刻思考。令我尤其钦佩的是，他身上呈现的那种在我国知识界不多见的“多重批判者”姿态。中国之行的所见所闻，都让他反观自我，审视阿拉伯世界的传统与现实。他在2009年访华后发表的散文诗《云翳泼下中国的墨汁：北京与上海之行》中曾经写道：“我该把天安门当作一面镜子，以映照我的问题”。同样，对阿拉伯的反思和批判，依然贯穿于《桂花》的字里行间。他在诗中发出悲愤的质问：“在本质上，难道光明真的讨厌我们，/我们这些在文明之海——地中海——

东岸生息的人们?”“这块土地，声称自己是收纳宇宙细菌与垃圾的不朽之园，它到底是什么?”这种反思和批判意识，同样针对他常年客居的流亡地、几乎成为他“另一具身体”的西方:“西方啊，你的光，为什么在跛行?”“在西方文明这具身躯上，有一种腐蚀其骨头的病毒。”对于丑陋的美帝国主义政治，他更是予以辛辣的讽刺或痛斥:“一只美国蚂蚁在吞噬一头苏美尔的公牛”，“杀手针对被害者提出诉讼，/受理案件的法官名叫‘侵略’，/——这便是美国政治时代的宪法”。不仅如此，他对当今人类社会也充满了深邃的忧患意识，面对这个被“机械和神灵主宰”的时代，他发出警觉的质疑:“人的位置何在？在意义的旷野？在语言的爪间?”甚至，我们似乎在字里行间，还能读出他在《云翳泼下中国的墨汁:北京与上海之行》中对友好中国的委婉批评:“我是否还有一点遗憾，因为来自另一个根茎——机械——散发的另一种气味，也笼罩着某些街道，某些商业场所……”

阿多尼斯虽然常年生活在法国，但他也和大多数阿拉伯人一样，颇受阿拉伯文化传统中对中国正面、友好的集体想象之影响。而之前几次圆满的访华经历，也加深了他对中国的友好感情。因此，友谊，是长诗《桂花》的基调之一，诗人对中国自然、文化和友人的深情厚谊在诗中溢于言表。他眼里的中国，“不是线条的纵横，/而是光的迸发”。他心中的中国女性，是“云翳的队列，/被形式的雷霆环绕，/由意义的闪电引导”。他在长诗的尾声写道:“友谊是否可以声称：唯有自己才是世界的珍宝?”

令我尤其感动的是，阿多尼斯这位世界级大诗人，竟然多次对我提出并通过版权代理转告出版社，要在中文版《桂花》篇首，写上把这首诗作献给我的献词。我在惊讶和感动之余，深觉诚惶诚恐，因为在记忆里，还没听说哪位外国大作家把作品题赠给一位译者；因此，这是一份对我而言过高的荣誉、过重的礼物。虽几经推辞，但为了尊重老人的友好意愿，并出于为中阿文学交流史上留下一段佳话的考虑，我最终同意出版社的建议保留献词。我深知，浪漫诗人阿多尼斯以这种独特的方式，既对我这位中国译者表达友好和厚爱，更对中国的人文和自然表达爱恋和敬意。

在获悉阿多尼斯为长诗定名为《桂花》时，我曾问他：阿拉伯世界没有桂花这种植物，阿拉伯语中也没有这个单词（只能根据英语Osmanthus音译），为什么要选用这个名字？他稍加思忖，微笑着答道：因为中国在他心目中的印象，就如桂花一样。

在阅读、翻译的过程中，我明白他只对我说出了一半答案。

当我读到："请告诉我，树根：/这芳香物质是否也含有我的血脉？"

当我读到："桂花树，我要向你表白：/你崇高而珍贵，普通又特殊，/但又混杂于众树之间：这恰恰是你的可贵！”

当我读到书写桂花的这些诗句时，我找到了那个问题的另外一半答案：

桂花，这平凡而高贵的花朵，清可绝尘，浓则远溢，杂于众树而香盖群芳；这，岂不正是阿多尼斯这位“香草美人”“风与光的君王”的自况吗？

一棵树

树根：

“无穷”的面前“有穷”的证据。

树干：

是的，我认识一些诗人在哀悼天空；

是的，我知道有一片天空无法忍受人类。

树枝：

树影在不停地书写回忆录，

最后一章的标题——

“太阳是另一个阴影。”

蓓蕾：

我如何向他开辟一条

配得上他最初脚步的路?

花朵：

一朵恋爱之云，在追寻闪电，

在围着恋人们的居所飘荡。

树叶：

树叶不会疾行，

除非是在通往风的宅邸的路上。

芳香：

这便是世界的主流文化——

感冒击中了眼睛，

鼻子被芳香遗弃。

永恒的无常

北京，鲁迅文学院的庭院，
太阳自从在此现身，就劳作不停，
把一棵棵树唤醒，
忙前忙后，仿佛在补缀天空。

在文学院，我常常看到
窗户在追随鲁迅的脚步，
看到鲁迅在阅读他的读者。

在我房间的窗外，

小鸟们娴熟地描画树木，为天际谱曲。

有一次，我想如鸟儿一样，
把无常和永恒结合。
我想起艾布·努瓦斯[1]和波德莱尔，
我还在思考无常的话语：
“永恒，不过是一张无止境的罗网，
我用丝线一刻不停织就。”

---

① 艾布·努瓦斯（757—814），阿拉伯阿拔斯王朝大诗人，革新派诗人的主要代表，尤以写作咏酒诗著称。

埋怨

历史，

在向本质作着解释：

非本质的事物如何伪装成本质。

同时又迷茫地发问：

这下子，谁还有胆量

言说和书写真理？

盟约

纸张和墨水签订了秘密的盟约，
墨水准备着发动突袭。

我没有和任何超自然的纸张交谈，
我没有亲吻任何一堵天空之墙，
我没有把额头贴近任何一方泥土。

人怎么能背叛捏就他的泥土？
我们如何才能除去
堵塞这个世界喉咙的锈斑？

在佛陀面前

昨天，在端坐不语的佛陀面前，

我斗胆向以太朗读了一段阿拉伯的野史：

“所罗门养的戴胜鸟，

总喜欢突访草地的蚁群，

看它们在树根旁忙碌地搭建卧室。

戴胜鸟和蚂蚁部落的首领坐在一起，

谈论巴尔姬丝[①]及其姐妹的故事；

---

① 根据古代近东宗教神话，古代犹太国王所罗门养有一只戴胜鸟，作为对外传达旨意的使者。巴尔姬丝为示巴国女王，她仰慕所罗门的智慧，曾专程前往耶路撒冷求教于他。

其中谈到，有一次巴尔姬丝向所罗门
提出了一个没有得到答复的问题：
‘神主的颜色是什么？’
然后，戴胜鸟告别蚂蚁飞走，
去和所罗门本人继续谈天。”

当我朗读完这段故事，
我看到佛陀，毫不意外地，
正如我们所知的那样笑而不语。

练习

从都国际庄园的天空
在进行模仿大地的游戏：
它把云彩和石头、
山峰和卧室、
飞鸟和床铺融为一体。

在这个独具特色的地方，
以我的名字种下一棵桂花树。
于是，我开始在我的体内，
发现一座从未发现的大陆。

枕头是睡眠之书的一个完整句子，

然而醒觉，是自然之书中一个未完的句子。

在这本书中没有写出的一切，

比已经成文的更加清晰。

休止符

泥土在称量云彩，

在天平里，

有一些朦胧的思想和无法称谓的事物，

还有一些睡得疲惫的梦想。

鸟的翅膀，

负载着天空。

成千上万只鸟巢叩打树木之门，

云雾在为造访太阳的客人鼓掌。

在每一朵身披蓝衣的鲜花里，
都有一条红色之河流淌。

在深谷和高峰爱恋的游戏里，
总有智慧存在。

太阳，你的左和右之间，
真的存在差异吗？

是谁教授天际，
要它成为隧洞？

是的，我见过月亮驾驭星星的辇车；
是的，我见过太阳守护夜晚的灯盏。

他不在创造生命，也不阅读死亡。

那么，他创造什么？阅读什么？

芬芳

桂花树，我要向你表白：

你崇高而珍贵，普通又特殊，

但又混杂于众树之间：这恰恰是你的可贵！

黑夜以身相许，

要成为对桂花的芬芳

永远敞开的门户。

白昼评论桂花的话语，

也和黑夜无异。

桂花的芳香啊，你似乎拥有
让我与许多同胞迥然而异的奥秘——
那些人用言辞搭起房屋的墙壁，
把影子当成树木，
在这个残忍的世界里，谁也不知道
当他们捕杀完猎物后，还会做些什么？

鸟儿

这只飞过的鸟儿双肩疲惫。
“鸟儿，停下歇歇，我所有的树枝任你停歇！”
桂花树如是说，并把芳香播撒给飞鸟的翅膀。

我的位于空气穹顶下的桂花树啊，
在那个小小湖泊的岸边，
在青草的帐篷举行的仪式上，
我宣告了你的芳香。

那只身着戏装的飞鸟也出席了仪式，

可是我忘了鸟儿的名字。

问题

一朵飘云询问出席仪式的人们：
有没有一种水会嫉妒水？

在人群中，我伸手去握一件东西，
所有的东西都握住我的手。
我在想象中写了一首诗，
却发现桂花树已把它默记在心，
并抢在我之前朗诵了诗。

在我写作之初，我改了名字；

从此，每当我写完一首诗，

我的名字就发生了改变。

外衣

在成都，黄酒穿上艾布·努瓦斯的衣裳，
现身他的古代诗友杜甫的草堂。
天空和大地，被杜甫置于蝴蝶的翅膀。

请告诉杜甫草堂树木和石头的乐队，
让它奏起音乐，为时光，为星辰和云朵，
为那些在田间、街头劳作的人们，为大自然
　　的老叟，
乐曲的第一句歌词是——
“老去的杜甫，越来越年轻。”

是的，杜甫的诗歌教会我们：
儿童如何在树梢搭建房屋，
如何兴建连接空气和阳光的桥梁，
又用阳光制作本子，书写他们的梦想。

请告诉那些孩子
经常向杜甫提出这样的问题：
当灰烬呼吸着诗歌，当诗歌呼吸着灰烬，
这样的生活有何裨益？

一些问题

今天，话语在唇间、在书本里出现，
如同石榴破裂，石榴籽散落风中的道路。
时钟在发问：什么是时光？
时光也在发问：
我们的脚步何时坠落，触摸泥土？

于是，在意义丛林的树梢间，
群星以一些问题的形式垂下。
光比我更清楚，问题在哪些嘴唇间颤动。
但是，问题啊，你究竟想要什么？你来自何方？

变化

是的，世界在变化。
如果墨汁取代了海水将会怎样？
如果黄山旅行到叙利亚的杰卜莱[①]，
或是临近的村庄卡萨宾，又会怎样？

突然，我听说，金星前来造访地球，
它疲惫不堪，却找不到一把歇脚的椅子，
也无人前来迎接，除了先于它的、

---

① 杰卜莱为叙利亚西北沿海城市，其附近村庄卡萨宾是阿多尼斯的家乡。

以它身上散发的光明为坐骑的步伐。
然而，有几扇朦胧的窗户为它打开，
谁也不知窗后掩藏着什么，
而诗歌正在远行，去探寻改变意义的新途。

患病

当我用双手抚摸黄山的一棵松树，
我仿佛把手置于意念的肩头，我在自语：
黎巴嫩的松柏正在干渴中衰老，
而那里的雪松，正为另一个十字架书写另一
　　段历史。

只有一件衣服听到我的低语，拖曳这衣服的，
是一个既非来自白天也非来自黑夜的躯体，
它坐在一把犹如半开窗户的椅子上。
在我的想象中，黎巴嫩的月亮似乎刚走出

仁爱为常常患病的光明兴建的医院。

它依然在患病：不会死去，也不会痊愈。

变身

我不曾知道乌鸦在某一个时刻能够变身为鸽子，直到我看见一个奇怪的山里动物——它仿佛拄着四根拐杖行走，在和岩石探讨地质时期的问题；它还强调：自己是这个生物圈最有经验的动物，只凭爱和诗歌，就将先知和先知区分，将人与人区分。

我确信，只有月亮才能登临黄山之巅。因此，我即使脚踏想象之梯，也无法登顶。

分娩，是黄山脱胎而出的那个暧昧子宫最后

考虑的事情。

休止符

云朵，

用它的睫毛轻抚山巅的面孔。

云彩不愿离开山峦，

于是，它生活在持续的挣扎中，

以便和自己的欲望和解。

诗人啊，在黄山，你无论朝向何方，

都会发现自己的脸庞留在画中。

画，是空气之手在光的画室留下的线条。

你问道：什么是真相？
朋友，这是一个死去的问题。
你该为自己的问题创造另一个摇篮。
你不妨去问：
在现代事物举行的婚礼上，
词语，为什么不再身穿礼服？

那些阅读天启预言的人们，
是在干竭的湖泊游泳。

为什么，在这里见不到一只蚂蚁在滚动
　　星星？
我几乎要告诉我的忧伤：
那么，把我放开，快去加入
那既不前行也不驻步的驼队。

星星是否真的居住在树梢上——

正如一棵叫作“天启”的老树所言?

并不完美的事物啊,

你便是完美的初始。

请告诉我，黄山！

这就是黄山，在我前方，在我目光的四周。
似乎，我是在云朵决定离开它的日子来到
　　这里。
我是否只能想象山如何披戴云彩，
云彩如何在山的怀抱里辗转？

可是，黄山，请你告诉我：
如果云朵此刻倚靠在你肩头，
你的脑袋是否会如意念的神话所言，
脱离双肩扶摇而上？

不是为了做梦，而是为了匆匆探望散落天穹
　　的家族成员。
而我，会不会变成一道影子，紧贴你的身躯，
越过一朵朵山花，一块块岩石，随你一起
　　升腾？
我会不会请求我的影子，让它化身为一朵
　　云彩，
汇入蓝色苍穹守护的飞行的湖泊？
那么，我的首要工作，会不会是会晤桂花树，
探寻那种芳香物质的究竟，
以及它的子嗣的未来？

请告诉我，树根：
这芳香物质是否也含有我的血脉？

请告诉我，树枝：

为什么月亮常把头颅遗忘在树叶之间？

请告诉我，花蕾：

为什么你的根柢把我拉向深处，

而你的芬芳又引我升入空中——

仿佛我在驾驭风的坐骑，

上上下下往返不息？

而你，树叶，

你是启示？是书写？是阅读？

抑或是这一切？

是的，我希望有一天回到黄山，

看它如何披戴云彩，它身披的衣裳是什么颜色？纽扣是什么形状？

看云彩如何拥抱山的头颅；

或者，看山如何坐在云的膝盖上，
看雷电会有什么举动。
看山如何轻抚松柏的枝梢，把它变成一支
　　支笔，
在簿册上记录随感，而那纸张，正在想象的
　　风中翻卷。
我希望有一天回来，参与这场将童年和暮年
　　一视同仁，
让云彩的大军和岩石的居室共同参与的游戏，
我要在一个风雨交加、电闪雷鸣的时刻，
向孔子提出几个思索已久的问题：
市场的法则、原子科学和诗歌之间是什么
　　关系？
黑夜真的是白昼嘴里的一块骨头？
或者白昼是黑夜嘴里的一块骨头？

从黄山，我带回几本由它重新绘制了光的版
　　图的簿册，
随手打开一本，读到以下文字：

1

我不愿我的纸张长久栖居于意念的层阶之外。

2

最深邃的光，隐身于光的背后，仅凭肉眼无
　　法看见。
所以，我毫不怀疑，在黄山，
还有许多肉眼无法看见的山峦。

3

我听到天空在向大地作每天的训诫。
我在聆听，却忘了向它提出一个

令我居住的地域百思不解的问题，
甚至我连问题是什么都已忘记。

4

我为一朵花浇了一瓶水，
用一位年方十六的女朋友的名字命名了一棵松树。

5

松树是在空气的田野随心所欲耕耘的女工，
但愿人们效仿它们。

痕迹

黄山的白昼借着飞马的腿脚行进，而夜晚爬行时借助的四肢，似乎来自失去了翅膀的风。人类的脚步远去后万籁寂静，于是岩石醒来，请求星星阅读星光下大地万物——青草，翅膀，尘土，云彩，空气，石块，树木，流水——留下的痕迹。

灭绝地中海沿岸一块土地的原子，正在西方用天空的流金制成的一口大锅里烹煮。

你说什么？星星，这是你读出的文字吗？

接吻

几朵纤小的花儿，花蕾用床衾引诱月亮和太阳，

但它不知道将会生下什么，也不知该为未来的新生儿起什么名字。

那颗星星，仿佛有点疲倦，几乎要把双脚搁在夜晚之河的彼岸。

而我，打量着彼此接吻的群鸟，听鸟儿对树木和青草诉说怨情。

我想放声歌唱，但是一个声音在我耳畔低语：

“你最好聆听来自天际的声息，
听那里回响的来自山巅的歌声；
你最好嗅闻距离的墨汁。”
突然，我感到太阳向我伸出双臂，问我是否
　　愿意起舞，
而我，正目不转睛地注视树木成群结队，
在天际的深谷上下驰骋。

大陆

我见到的黄山，

不是一座山，它是一个大陆，

不同于别的大陆，它在纵向延伸。

我见到太阳倚靠着松树，

我看到月亮在急切地等待日落，

生怕自己忘却了迎接夜晚的礼仪。

辞典

在黄山，每当我想从树木辞典里嗅闻语言的
　　芬芳，
来自花儿和植物诗集中意象的羽毛，就把我
　　诱惑。
而道路的波浪、飞鸟的云彩也从四面八方
　　出现，
要为神奇的问题编造另一本辞典。

孔子！
“有涯”如何能够引领“无涯”？

当一颗星星想要成为一棵树，
或者，当一块石子非要化作飞鸟的翅膀，
我们该怎么办？

而你，诗歌，为什么要让别人，
将神启的奶汁在灰烬的罐中搅拌？

孔隙

我的天际，由光开辟。

我的记事本，由夜晚书写。

我的语言，用欢乐的舌头传译忧伤；

我的语言，书写欢乐在忧伤的辞典中读出的
　　意蕴。

当步履成为宇宙皮肤上的孔隙，

当鲜活的词语僵死在血管中，道路能带来
　　什么？

是否因此，我有一副为时间准备的笼头，

欲望之手把它解开，

把它套上的，是一只我不明究竟的手？

是否因此，我为翅膀准备了天际，

其中的每一只翅膀都不认识它的邻居，都只
说属于自己的语言？

是否因此，我为这时间、为这些翅膀，准备
了同一辆辇车？

问题

黄山啊！对一面只能看见自己的镜子，你会
说些什么？
诗歌啊！对于把超自然纳入怀抱的大自
然——仿佛超自然是物质的最初皮
肤——你会说些什么？
对于突破已有知识的知识，对于超越原初技
艺的技艺，你会说些什么？
人的位置何在？在意义的旷野？在语言的
爪间？
是的，据说软体动物也有了骨头，连灰烬都

长出了脊柱。

我猜想，孔子、孟子、老子和他们的朋友比
我更加了解，

如何用一根头发缝补天空，这根头发取自那
个头颅，它曾经告诉世界——要有！于
是，便有了这个世界——至今依然在成
型的世界。

我有所归属吗？

黄色，黄色，黄色。

黄色，是否扎根于太阳之树？是否萌发于云

朵的蓓蕾？

抑或，它便是怀孕的自然？

群山雄踞于山上。从高空到低谷，在右侧的，

是无边的右；在左侧的，是无边的左。

山——由众多的语言、代词、字母、连词、

介词、问号组成；

山——宇宙的呐喊回响于山麓和顶峰，声响

发自不同的元素，发自有形和无形事物

的喉咙。

山与山重叠，创造了无数的直线、曲线、角度和各种各样的几何形状。

峰峦，深谷，洞穴，通道，山径，天际，一起与星辰相会，去安抚太空——

因为有传言：月亮将要破裂，时间，将会变成有关空间——堤坝、围墙和囚牢——的学问。

山，群星之山：由星辰中的父亲、母亲、儿子、祖父、恋人和情侣构成。

语言在此不敢造次，

词语害怕自己的字母。

身份便是罗网。而我，是一丝线缕，稍有动弹便会断开，

一丝只系于自身、只为了进入自身而解开的

线缕。

我有所归属吗？

我终将归属。但是，归属于哪里？归属于谁？如何、为什么归属？

安徽（之一）

安徽：

村庄与村庄间的路，是居民的步履，旅行者
　　的翅膀。

季节改换着镜子，果实在光明的床榻辗转。

安徽：

村落是关于本真的辞典，是大自然写就的
　　作品。

村落也长着手。它的用具，是树叶、流水、
　　青草和各种植物；就连不可能，也愿意

在数量和品质上仿效这些植物。

然而，黄山被赋予阅读和书写季节的最高

特权：

它几乎用整个身体来和季节嬉耍。

岩石也会结出果实。

如果你们有疑问，那就去问问黄山上的松柏。

物理

石头，仿佛也长有翅膀。
看哪，在想象的蜃景中，石头闪烁着光亮，
似乎已准备和缭绕的雾霭共舞，或者飞翔。

一个孩子，邀请一只飞过的鸟儿，在他母亲
　　落座的桌上，喝一口茶。

据我所知，在汉语中，机械和神灵这两个
　　词语没有任何相似之处，这和汉语之

友——阿拉伯语的情况不同。[1]

是意义的物理在改变天平和标准，在创造响

应本真的召唤、借助自然之舌表达的

一切。

---

① 在阿拉伯语中，机械（A'la）和神灵（Ila'h）这两个单词的书写和发音都比较接近。

为什么？

桂花！

为什么，在传达神迹的那门语言的辞典里，
　　我没有找到你的踪影？
我是否应该重新审视我曾经相信的学问？

黄山啊，你能否帮助我把双脚穿进这只鞋
　　子——
这只通往“无”的道路强加给双脚的鞋子？

——或许，并不存在正义，除了那个被称作

"正义"的词语。

——我的位置在哪里？在火焰之上？在火苗
之中？在火炭或是火花里？
或是在水中——水里隐藏的，是母亲不愿声
张的新生儿分娩的声响？

休止符

太阳抓住空气的手，拄着拐杖；
天空的羊群在岩石间蹦跳。

在元素的炼丹术中有打开愿望的钥匙。
于是，诗篇，我以你的名义，从花的胸口取
　　下一颗花蕊。
我对一滴香水说：
请成为我的一滴墨水吧。

在每一块岩石的四周，

自然的墨水都在书写绿色的诗篇。

用你的眼睛——而非双脚——丈量道路。
——脚步如是说。

太阳如同一张红色的弓，弯腰向影子致意；
影子如同一袭黄色的纱巾，从太阳的肩头
　　垂下。

植物将你模仿，
石头在复述你的话语。

空间，也是一种创造。

黄山上光与影的友谊是多么深厚，
双方都告诉对方：

你就是我，我就是你。

月亮，今天我只能陪你走上
寥寥可数的几步。

光为天空缝制一件
犹如夜晚的外衣。

这个瞬间

我在朋友薛庆国、吴浩、王灏的陪同下，乘
　　坐一辆黄色缆车，上了黄山。

缆车不止有两只手和两条腿。
运动，是各种形状和风物的字母表，
是有关行走、攀登的第二种语言。
它还有关左右顾盼、驻足眺望、气喘吁吁，
聆听在忽上忽下的台阶
和时间之风竞赛的另一些脚步的声音。
在你不明就里的某个瞬间，

你会觉得：停止运动其实是另一种运动；
在你体内闪耀的，其实是源于光的内部的另
　　一种光；
你会觉得：把你纳入爱的怀抱的周遭，
其实是对另一个周遭、另一个中心的召唤；
你会觉得：攀登，其实是在风景中作一次内
　　在的旅行，
你从中学会让诗篇
在想象和现实结合的步伐中获得节奏。

变幻

黄山端坐在永恒的门槛，
迎接来自各个时代的宾客。
它凑近我的耳畔，用低语回应我的问候：
“迷途，才是这个时代的正道。”
然后又说：
“那么，在你的步履间，山羊会变幻为星星。”

云朵脱下衣裳，和光融为一体；
泥土穿上“以太”的外袍。
太阳摘下一朵桂花，把它交给空气，

以此向路过的游客致意。

树木用树枝——这些拒绝鞍辔的骏马——驾
　　驭辇车。
车轮消失于山岩之前发出叫喊：
无论我们是否启程，时光都在裹挟我们前行。
拉紧你们的弓弦，准备好箭矢。
射吧，现在，天空便是你们的宅邸。

黄山抓住时间，
天际抓住飞翼。
当太阳的津液注入黄山的双唇，
想象之神开始为树木创造玉腿，为水创造
　　怀抱。

山岩用爪子雕琢风的箫笛，

声音在向每一块岩石发问：

你是否喜欢岩石和呐喊的相近？[①]

有一次，黎明的双唇发了疯，

它把夜晚的隐私透露给太阳。

一朵年轻的花，穿着丝绸般的软袜，

走出自然的宅邸，

它冲着一朵电子花大笑，转身而去。

大自然在黄山入住的宅院门槛上坐下，

那宅院容得下不止一片天空，

光明在门槛前守护。

---

① 在阿拉伯语中，岩石（Sakhra）和呐喊（Sarkha）是近音词。

诗歌啊，请看！

我是否听到孔子之铃的余音，
正从黄山的群峰升起，
向别的山峦飘去？

爱是否允许诗歌，
在2018年10月的第一个星期
去探究无形的地质学？
而诗歌探究未知和迷津的学问，总是表现
　　出色。
“‘有穷’，是‘无穷’的住宅里一张永远患病的床。”

诗歌的研究报告如此写道。

时间，是太阳怀里的一个儿童。

诗歌啊，请看！看这里的光

如何把胸口贴近另一道光，以便升腾；

看它如何用手搀扶对方，以便下降。

道路也在行走，以便抹去

它用爱恋的墨水描画的足迹。

休止符

未来发誓要在黄山建一所宅院，
用以招待前来的宾客和恋人，
桂花树已准备好成为它的伴侣。
一切都在等待风的来临，
指挥乐队奏响相会的乐曲。

水开始书写在田野劳作的农夫的备忘录，并
　　特许我发表其中的若干片段：

1

思想咀嚼事物，

诗歌哺育事物。

2

为什么，黄山看起来犹如一只嗅闻天空的
鼻子？

3

时代，

犹如灰烬占领的无边的地表。

——这便是呈现在

黄山眼里的世界。

4

诗歌，可是一只飞鸟，

拖曳着一片

盛纳于刻意隐身的金盘里的汪洋?

诗歌，可是一株莲花，

在银河的港湾沉浮?

5

不，这位诗人并未游遍中国；

是的，他只了解中国的点点滴滴。

他了解的中国，不是线条的纵横，

而是光的迸发。

6

是“无穷”，在款待我们的双脚和双手吗?

在这里，“无穷”的波浪如何被引领?

又被引往何方?

7

窗户：一双双翅膀。

梦想：一群群羚羊和骏马。

8

有朝一日树木会成为墨汁，花儿会成为词语。

有朝一日风会称呼岩石："啊，我的亲人！"

9

一个幻影经过，向我问候：

"也许，我们更应该攀登山的绝壁，

而不是沿着天空之梯下坠。"

10

有时候，有必要面对着一朵云坐下，

跟它作一番交谈，哪怕只是窃窃私语。

11

山顶啊，

我把呼吸作为纱巾，搭在你的肩头；

我把喘息作为衬衣，系在你的腰际。

12

为什么，这里的“绝对”对我表示：

它喜欢加入“相对”的队伍?

想象力之家

请打开想象力之家，哪怕只有片刻，
好让诗歌得以憩息，好让词语有足够的时间
造访那棵老树，凝视它的皱纹——
尽管它尚未活到我母亲的岁数，
尽管它的年龄还不到百岁。

桂花树！
树枝：风之耳的耳环。
树枝：一条辫子。
树枝：梦想之枕头，辗转于夜的波浪。

树枝：一座桥梁。

树枝：太阳颈项上的一块刺青。

啊，桂花树！

你许诺给意义童年的

那本形式之书

而今何在？

坟墓

似乎，那些生活在黄山阴影下，
生活在山麓和郊野的人们，
在死去的时候
会让自己葬在天际的坟墓。

在临死前，每个人都在太阳的庙宇祈祷，
向着天空祈祷。
跟他们一起祈祷的，
还有桂花的芬芳。

桂花树的树枝

知道如何从天空的杯盏

啜饮光明。

用来祈祷的词语，

在模仿桂花树的树枝，

每一个词语，都长出一簇有声的花儿。

佛跳墙

北京——

在诗歌的宴席，夜晚的太阳和诗人们一起，

　　围坐在东道主欧阳江河的两侧。

日坛公园，佛跳墙饭店。石舫在向小船挥手，

　　湖泊略显疲惫，正以圆月为镜梳妆打扮。

　　时间：2018年9月24日。

筵席本身，就是一首高品位的诗。

我毫不怀疑：

物品也长着喉咙，有时也会嫉妒诗人们的
　　健谈；
有些物品的头颅，只会在夜晚内部的夜晚入
　　眠，正如词语一样；
有些物品也有自己专用的椅凳，当诗人们在
　　时光的回廊相聚，它们会坐下倾听；
“穷尽”不过是一只空空的杯盏，里面只盛有
　　“无穷”。

在那个夜晚，我听到物品和诗人们一起，异
　　口同声地说道：
“不，我们不愿升天，
除非是整个大地先于我们升天。”

节日

中秋节！

人间的天蓝色，连天空也羡慕。

中秋节！

月亮重复着自己，

这种重复，仿佛也是不断更新。

“我不愿融化于雷同。”

一朵玫瑰大喊，它刚刚读完

雪书写的

评论月亮和太阳的作品。

恋爱的女子留下唇印，她本想留下津液；

恋爱的男子留下津液，他本想留下唇印。

教导我吧，黄山，恋爱者的鼻祖！

记忆中的山

记忆中的山，你要我谈谈我的崩塌的生活。
然而，我如何谈论这样的生活？
我已不记得当初怎样建立它，
我也不愿让过往的废墟
占据记忆的桌席。
你可以给我启示吗？

有一次，我决定熄灭自己
以便摆脱周遭的一切。
当我准备好实行这一决定，

我周围的一切都开始熄灭。

只有时光，当时见证了这一出戏。

安徽（之二）

我行走——

我听到在我身旁行走的脚步声，

树木、小草和植物的脚步声。

我想象着时代的屠宰场、杀戮所，以及在太
　　空挖掘的坟墓。

刀剑，在我们地中海的丛林里捕猎头颅，

沉默，在捕猎真相和追求真相的朋友们。

这是不同文明的冲突，世上不同天堂间的
　　冲突？

还是军火商、人贩子之间野蛮与霸权的
　　表现?
这是一个大地吞噬其子嗣、天空吞噬其父辈
　　的时代,
一个用人的脑袋款待人的双脚、
用神话和天使款待人的肠胃的时代。

安徽,安徽!

我行走,
我借太阳的光线为柱杖;
披戴着树影的光线,
甜的,咸的,温和的,半裸的,令人沉醉的,
　　不一而足。

我结束了安徽之旅,

和它一起、在它的中间和周边的旅行，

仿佛我们一起进入了一个没有终极的氛围，

它的名字是变化。

瞧，岩石开始变化，拿起了一把凿子。

岩石啊，你真的要为每一颗石子、每一棵树

雕凿两只乳房吗？

音乐，从辗转于“以太”怀抱的乐器中升起。

安徽，安徽！

休止符

今晚，月亮的身躯布满了刺青，
四周的星星是欲望的园圃。

在死亡之书里，我读到生命；
在生命之书详尽的注解里，我读到死亡。

爱恋中的困惑，是不死之死，
死神已经死亡。

飞蛾造就了自己的死亡，

这恰是诗歌朦胧美的证据。

当美的双唇缄默，
眼睫便开始发声。

身体的诗歌是否就是诗歌的身体？
答案在于目标？
或是在于通往目标的道路？

光明只为一项工作而生：
张开双臂，炽燃不熄。
我试图仿效光明。

通常，夜晚写作，但不去阅读。
“我是作者，但我不是读者。”
永恒如是说。

我不喜欢来自高空的奇迹。

我喜欢的奇迹来自偶然，

如同迎面飞来的蝴蝶。

当寻常一再重复，这重复是否赋予它新的身份？

当新颖一再重复，这重复是否让它失去了身份？

天空，

是一切身体穿的衣裳。

它不适合任何身体，

也没有身体配得上它。

每一架梯子都伴随一个深渊。

这和人们的想象有所不同。

那么，请告诉我：你的梯子是什么？

我会说出什么是你的深渊。

诗篇开始向我发问。

难道，诗篇开始书写我吗？

我认为，

我的词语已经同意

——照着我眼中的样子，而非事物本身的样子——

言说事物；

那么，我是否可以告诉诗歌：

你言说的事物，比事物本身更加真实？

现实不是事物，也不是语言，

它是语言和事物之间的关系？
或者，语言啊，你在冥想时脱口而出：
话语的现实就是现实的话语？！

现实？
一片枯叶在攀登空气的山峰；
群鸟在进行比赛，
看哪一只鸟更加出色，
把鸟的双翼融入天际。

“你是否阅读过那个传奇——
关于我的蓓蕾如何储存了你的忧伤？”
——桂花树向他发问。

他说，仿佛他未曾听到问题：
我有一些属于“确信”的花园，

我有一些属于“疑惑”的高山。

不，能够和永恒之骨相连的，

只有它的对立物：时光之肉！

昨天，我脱下意义荆棘编织的衣裳，

换上玫瑰树编织的衣衫。

当我告诉身体：去到镜子前照照！

我打量镜子，却没有看到身体

——它已经弃我而逃，

去寻找另一个形体、另一件衣裳。

我想象自己记录随感，把它赠给屡次说过“我不是读者”的山峰。我手头还存有若干篇什：

1

树的绿色，在风的眼里是黄色。

2

我几乎能用手摸到
每天都攀登黄山的时光
身上渗出的汗水。

3

风对我说：
“这里的云中，
有你看不见的笼子；
只有我，
被囚禁笼中。”

4

云朵旅行时，
一定要怀揣一样东西：

雨之书。

5

尘埃的葬礼，

便是云的婚礼。

6

雨不是水的另一种形式，

雨是哭泣的另一种形式。

7

今天早上的晨光，

犹如太阳免费发放的香喷喷的面包；

太阳默不作声，

却在太空的额头描绘树的皱纹。

8

黄山致的迎宾词，
也正是它的送客词：
“成为独特的你，不要雷同！”

再见！
我和松树握手，我从桂花的唇间饮水。
此刻，在墨西哥城市蒙特雷，在以奥克塔维奥·帕斯、德里克·沃尔科特和其他诗人朋友命名的树木旁边，我写下这几行文字，想起了那棵以阿多尼斯命名的桂花树。
想起了以我名字命名的第一棵树，种在亚历山大的马其顿。

9

山与山结为兄弟，云与云你中有我。

是什么样的智慧，在肯定大地时抹煞天空，
　　在肯定天空时抹煞大地?
是什么样的形式，犹如芳香拥抱空气的身体
　　一样拥抱意义?
是什么样的神话，愿望在其中奔涌，犹如雨
　　从一朵爱之云的双乳间涌出?

10

欧洲。
我在写创世的诗篇。我问你——我的另一具
　　身体：
为什么，你具有丰富的形式，却只有贫乏的
　　意义?
为什么，在你那里，当今世界的身躯犹如驼
　　背，备受伤口和肿块的折磨，
成为布满祭品和坟茔、被碾碎的尸体、被砍

落的头颅的世界?

面孔并不长在脸上，眼睛成了洞穴之中的

洞穴?

以你的名义，我来到你叛逆的魔鬼那里。在

此之前，我曾以他们的名义，携带了两

个许诺前往中国：一个许给眼睛，一个

许给见识。

我要发问：而今你们何在，黄皮肤的许诺?

11

在“穷尽”中，“无穷”的酒变得醇厚。

在灰烬中，凤凰的火焰燃烧不熄。

如果之前我曾过于慷慨，为每个词语赋予双

手和双眼，

那么我要将慷慨进行到底，

赋予每只脚一条道路，每个头颅一片天际。

我有解除沙粒干渴的水。

我有为月亮和太阳准备好的新居。

爱情，你来为世界开天辟地！

12

只记得，在我出生的那片土地，我只能偶然
看到光明。

我常常愤怒地质问：

在本质上，难道光明真的讨厌我们，

我们这些在文明之海——地中海——东岸生
息的人们？

13

空气被语言之油点燃，

语言因思想之油熄灭。

这一回，文字来自“以太”皮肤的创口。
是太空的灰烬，在为受伤的骨头止痛；
是欢呼着胜利的尸体，在引领战败的头颅。

14

我——来自地中海东岸一隅的我，在此
　　作证：
这片海洋的天空，已经不会伸手跟别的手相
　　握致意，
这片天空已经不会书写自己的姓名。
那么，请告诉我，“复活”的衣衫啊，
这个世界的线缕，该如何编织?

佛陀，一个宇宙的隐喻

先知之言脱离了天启的笼子，
天启脱离了先知之言的笼子。
有人询问佛陀：
当众先知获悉这些，他们会怎么办？
佛陀默默作答：
“天启，就是让你脱离天启。”

时代，世界：
各自都在对方的沼泽中腐烂。

佛陀第一次见我，给我留下慧言：
“把词语种在形象的水中，
犹如在意义的湖泊种植莲花。”

这个早晨，风的囊中塞满了尘土，
尘土塞满了已经无法行走的脚步。

飓风何时向田野致歉，
为它拔起了田野的树木？

无论我走到哪里，云彩总是与我相伴：
要么将我与道路隔离，
要么让我们浑然一体。

我不想进入影子的心中，
我宁愿在它的岸边周游。

迷人的色彩啊，你是徒劳的——
如果你想用沙子创造蝴蝶。

一个空间的夜晚执意问我：
请问，历史的蘑菇在哪里生长？

光为我留下一些地址，
以便我拜会它的朋友。
风嘲笑着说道：
最好还是把这些忘了。

佛陀让我懂得翅膀如何降生，
还让我见识了他憩息的床榻。

与我结为朋友、有时还留我夜宿的词语，
无非是窗户、门扇和道路。

用无止境，

我愿经常向我梦想的止境致意。

黄山的傍晚，

用芳香称量空气，

用黑夜称量芳香。

芳香的晚会开始。

受邀的树木悉数前来，

只有桂花树缺席，

哦，不，抱歉，它也到了——正在跨过门槛。

用芳香，

太空在清洗它的衣衫。

有时候，我未知的，

增加了我对已知的无知感。

在黄山的阴影下，
我想为几种精选的植物，
播下爱恋的种子；
想为迁徙的飞鸟，
雕刻石头的翅膀。

在黄山的天空，“不”这个字眼，
并不总是与“是”相对；
经常，这两者互为依存。

啊，完美无缺者！无论你身处何方，
你要做的，只是像操纵一群蚂蚁那样操纵
　　世界。

晾在宇宙的绳索上，时光被晒干，
那绳索不过是一根根动脉和静脉。

难道有的人被创造，
只是为了成为阻挡黎明的壁垒？
只是为了推迟太阳的醒来？
然而，还有什么属于绝对的教条，
除了围着深渊旋转的卫星？

在黄山，常常能看到顶峰和深渊相互拥抱，
似乎地狱就是天堂，天堂就是地狱。
你会惊叹：
啊，真的，恐怖也有其迷人之美；
啊，真的，真的，天堂也有地狱般之美！

根据传说，李白，

曾经在这里的某个地方、某个角落，丢下一
只鞋，
可是谁也不知丢在了哪里。

毫无疑问，岩石也渴望溶化为泥水，
以便滋养那棵紧贴它、对它俯首的松树；
而附近，便是留下李白足迹的地方。

足迹！足迹！
不要问这是谁的足迹。
你该问：它说出了什么？它正在言说什么？
在此地，写作没有穷尽，
纸张不会破损。

黄山：艺术之山，独领风骚之山！
仿佛人类在和时光争先。他们来到此地，

雕刻了黄山，然后死去，
他们的凿子也被摔断，
以免有人仿效这手艺。

前来黄山的游客，无论你来自何方，请你路过碧山村，看看这里的先锋书局。还应该在五里村的春满园客栈逗留一夜，然后穿过竹林，向山麓的茶园招手，来到汤口附近。在这里，平原和大山媲美，石头的队列和树木的队列交相辉映。

啊，历史为什么不去别处唤醒它的伤口，就如同唤醒我心中的伤口一样？
在西递，我经历了这样的瞬间：永恒和易逝相遇的瞬间。
意念在遐想，

确信在踱步。

我看到绿色如何描绘形象，

水如何创造意义。

在莲花峰的近旁，

我想象我是一棵桂花树，

我感觉仿佛握住了时间的火苗。

啊，大自然！

床榻！

乳房，两只张开的臂膀！

这是穿上永不破损之绿衣的生命。

云彩，编织吧，编织吧！

你是怎样胜过诗歌之手编织的丝缕？

你是怎样媲美那些永远敞开、迎接天空和它
　　子嗣的宅邸？

我听到有人低语：

就连天启，也是冷热不定，萎靡不振。

云彩没有季节，

云彩本身就是季节。

桂花树致全世界树友的一封信

1

你，阿拉伯国家的树友，
我正在阅读一段撼动你躯干的历史，
一段没有头脑，只有一只胃和两只脚的历史。
阿拉伯的空气诉说：没有一棵树向它的姐妹
　　挥手，
河谷不和邻近的河谷交谈，
山峰不会向朋友折腰致敬。
可是，为什么，那些将你围起的大门，却在
　　风中窃窃私语？

2

我似乎听到一位诗人，时而自言自语，时而
　　在跟他的语言对话。
他问道：何时，我去阅读为我童年遮阴的橄
　　榄树？
我要在树的四周点起蜡烛，把它藏进梦的文字；
我要用笔、本子和图书为蜡烛搭建围挡，
我要张罗一场舞会，邀来大自然的乐队，
向这个被侵略者拖曳于街道的世纪里
所有的死者、生者致敬。
群星啊，请拿去这些我故乡的手帕，
擦拭你们流成鲜血的泪水！

3

有个人在攀援黑夜之墙，指望更加靠近阴柔

的月亮；

有个人把文字置于头上，犹如戴上一只乌龟
状的帽子；

有个人大声叫嚷，称文字是守护天空的发光
投枪；

有个人似乎在阅读——却不是在阅读。

有个人站起、坐下，

似乎在学习如何在空气里钻洞，如何缝补水。

一棵树向空气发问：

这个只能在溅起的火星和尘土中看到自己的
“无穷”，究竟是什么？

这块土地，声称自己是收纳宇宙细菌与垃圾
的不朽之园，它到底是什么？

太阳啊，你难道至死不会承认，由你安排、
围绕你旋转的天体，已经患病，而且无
法痊愈？

黎明啊，请你从那个女童的脚下捡拾真相，

她的双脚，正在一只苹果的影子下起舞，

那苹果，并非来自亚当领导的那个家族。

历史的太阳在咳血，连历史都说：血，是现实的炼金石。

4

远方的树啊，我的隐秘的朋友们！

我问候你们，还要向从你们身上飞逸的芬芳致敬。

可是，请告诉我：

用阿拉伯墨水写在纸上的作品，是否已变成脓疮？

诗歌本身也已成为无法愈合的伤口？

作家的嘴巴已成为枪口，脑袋已成为铁盔？

政客的嘴巴是泥沙，社会的嘴巴成了泡沫？

无论远近的树友们啊！
我知道“无穷”已经和你们中断了关系，
我知道黎明是一位在你们怀里永远燃烧的
　　儿童，
我知道你们的夜晚渗出的是呻吟，白昼流淌
　　着泪水，
就连你们的树枝，也在乞求空气和水分。
所有的树木都围聚在你们四周，
缝上嘴唇，抗议吞噬着天空的虚妄！

今天，水泥的森林是否真的在向灯塔、拱门、
　　河流、桥梁致歉？
在向花园、门扇、窗牖、门槛致歉？
当未来试图在天际的膝盖上坐下，以便给朋
　　友写信，
这膝盖是否真的因恐惧而颤抖？

就连文字本身，也陷入恐慌?
据说，未来在信中写道：
一只美国蚂蚁在吞噬一头苏美尔的公牛，
一匹狼投生为一架呈兔子形状的火炮，
苍蝇在囚禁夜莺，
阿拉伯的零，借助于某种神秘之力，
替换了所有的数字。
在你们的田野和版图中，生命难道真的不能
　　存活，
除非是寄生于死者的内脏?
生命是否真的只是一件军服，
缝制它的，是无止境的相互残杀——
在数字之间、事物之间、人与人之间、世界
　　与世界之间?
你们，是否真的得到许诺，
从星星的乳房流淌不绝的奶水将会滋润

你们？

而我，应该为之羡慕和恭喜你们，

还是应该哀悼你们？

致即将来临的桂花的秋天

1

我的树木的秋天啊！
裸露，树的裸露，可是身体的另一个身体？
人，可是自身的秋，自身的囚禁者？
哪里有新的水源，用以创造新的世界？

我的树木的秋天啊！
为什么，每当我想拥抱你的大地母亲——那
　　位美人，
一位永远阴着脸的卫士就冲我大叫：

“快走开，这需要天空的许可！”
可是，天空在哪里，我去哪里寻找？

我的树木的秋天啊！
你用以书写汁液和果实的树叶，
有空气、大地和天空阅读；
可是，为什么，人书写了自己生命的纸张，
却只有纸张在阅读？

我的树木的秋天啊！
是的，是的，
我宁愿成为黎明衣衫的一个扣眼，
也不愿成为黑暗马厩的统帅。

我的树木的秋天啊！
坐在用你姊妹树制成的椅子上的人去世了，

为他送葬的，唯有那把椅子，

为他哭泣的，唯有那把椅子。

2

秋天是季节的一次漂泊吗？

是的——不是，

不是——是的，

这个时代的身体沾染了许多斑点，

还有什么能去除斑点——除了漂泊？

漂泊的人们——几乎熄灭的星星，

沿着看不见的阶梯滑落。

漂泊——犹如一只瓦罐，

底部积满了“永恒”的渣滓。

真相?

风的骰子的一次漂泊。

伴随漂泊的呻吟，是风中的芦苇，

不是音乐，不是诗歌。

是的，那是漂泊；

是的，那是星星在赤着脚行走。

云彩——

一片一片的褴褛，

在漂泊的天空飘零。

——你问：是诗人?

——是的。在“漂泊”于冥冥中掌管的火炉里，

他在烤制梦想。

忧伤的漂泊，

那忧伤犹如一排连盐都匮乏的浪花。

昨天，我陪伴“漂泊”回到它的阿拉伯之家，

它精疲力竭，

甚至没有气力去叩响大门。

漂泊者不是为了身体而睡眠，

他是为了梦想而睡眠。

诗人给他的朋友写道：

“我的肢体，在漂泊中散落一地，

我已经厌倦把它们捡起复原；

我已经厌倦这个与我形影不离的怪物，

我指的是——死亡。”

这朵漂泊的玫瑰，桂花的朋友，它是多么
　　健谈！
可它不会谈论自己的芬芳！

没有什么人，没有什么东西，会因为死亡而
　　高兴，
除了一朵雨云：是云中的雨水，让它一滴滴
　　死去。
人是否犹如一朵云：从水漂泊至水？

我和黄山在傍晚的对话

——黄山，为什么你的天空，

即使裸露时也仿佛身着衣裳？

——或许因为我只跟太阳作两次交谈：

当它醒来时，当它入睡时。

而它就寝的床榻，

总想跟我窃窃私语。

——在你的阴影里，

树枝能给树木母亲提供什么？

——你应该先问：

为什么我们的影子不跟我们相似，

而是我们跟影子相似？

——黄山，在你的阴影下，人徒劳地想要说服他的秩序接受紊乱。

——人啊，在你的阴影下，事物徒劳地想要它的紊乱接受秩序。

——黄山，在此刻，你对前来探访的阿拉伯人有何忠告？

——我建议：天空应该去探望大地，

尤其是阿拉伯的大地。

——可是，那是一块无所事事、只会空谈的土地。

——我建议多建几所医治脑科病，特别是话痨的医院。

我还建议阿拉伯人重新审视“登高”的含义，

其中肯定有丰富的意蕴，

还可以肯定，它绝不是指任何形式的“升天”。

——黄山，我的朋友：就这样，从意义丛林的树枝和根茎，

星星以问题的形式垂落；

光明比我更加了解，

这些问题由哪些嘴唇颤抖着道出，

光明也更懂得如何向这些问题发问：

白昼是否永远需要和黑夜相会？

黑夜是否永远需要和白昼相会？

我的黄山朋友，你现在或许知道，我为什么愤怒地质问我的忧伤：

你真要将我遗弃，去加入云的队伍？

那么，你或许知道我为什么这样感慨：
在旧我和新我之间，
在我过去和现在的追求之间，
发生的那场战争是过于长久了！

我的故友只喜欢他的类似物。
黄山，请告诉我：
在这样的苦难中，
人如何能够生活？

另一种丝绸，另一条路

白昼是愿望的黑夜，黑夜是工作的白昼；
两者之间的身体，是另一种丝绸。

沙粒细小，
可是为什么，沙漠博大无边？

这些人，那些人，想要什么？
他们如刀剑那样工作，
他们如店铺那样思考。

忽视你的敌人，同情他；

如果失去对你的敌意，他会失去每日的食粮。

连他的名字都不必提及。

在他们眼睛的天空里，

旋转着一颗叫作“卑鄙的狡猾”的星星。

可是，难道还存在一种“善良的狡猾”？

——你的琴声为什么不协调?

——为了更好地为这个世界谱曲。

——这本身就不是音乐行为。

你，井井有条，左右逢源；

他，我行我素，特立独行；

你八面驶风，

而他试图与玫瑰握手，

在芬芳中旅行，在花影里蔽荫。

在行走时，
应该把你的脏腑浸入愿望的源泉；
愿望，是存在的另一股水流。

在诗歌中，
史前是进入历史的一扇宽门。

自然之诗是迸发，
文化之诗是流淌。

啊，中国女性！
——云翳的队列，
被形式的雷霆环绕，
由意义的闪电引导。

一个男人——桂花的蓓蕾，
在愿望的田野绽放。

是的，我道出的所有智慧，
都被幻想照亮。

这位诗人真是奇怪：
他的名字衰老了，
他的身体依然年轻。
他把蝴蝶当作镜子，
他跳起太空的舞蹈。

所以，他终于确信天空也有一具尸体；
瞧，为了让自己更加确信，
他正在为那尸体把脉。

西方啊，你的光，为什么在跛行？

这个声音来自何方？
——它命令蓓蕾绽放，
让月亮永远洞开大门，
迎接花粉的盛宴。

宇宙的骷髅上有一个洞，
一个红洞，
那是深不见底的洞吗？

他的身躯没有影子，
尾随他的幻影，
亦非他以外的别人。

“有穷”是“无穷”之本？

抑或“无穷”是“有穷”之本？

就连“有穷”，也不会“穷尽”。

天文年鉴是世纪头颅的枕头。
你呢，你在哪里，天文的头颅？

至今，我仍然没有突破狼的大众对我的围困。

我将请求把我抛掷到这个世界的那位，向我
　　伸出援手。
但愿这请求并不过分，
但愿应答不会拖延。

世界啊，你永远不会听到我、理解我，
除非你为耳朵戴上一只净音器，

除非你用心灵而非牙齿阅读我。

不，天穹！你不要试图和我交谈，
除非你把财富散发给天际的穷人，
除非你放弃准备好的诸多计划：
想让暮年提前来临，
想在同一只脚的前后步伐间砌起围墙，
想用哈德逊的名称称呼地中海，用大西洋称
　　呼红海，
想让阿拉伯穆斯林变成西方门口游荡的乞丐。
不要对我重复太阳曾经重复的话语——
昨天，太阳对我说：等到明天；
明天，太阳又说：等明天过后！

我看见那些病人一个个死去，倒在丝绸之路，
他们刚刚来自天空建立、由天使管理的诊所。

他死了，
在他的生命开始之前——
这是连天使之毒本身也无法成就的死法！

苍蝇的大腿，
是饥饿蚂蚁的一场盛宴。

可是，丝绸之路，你在哪里？谁与你同行？
　　谁行于你的道路？
谁携你而行？前往何处？如何前行？
啊，丝绸之路！
那个我们称之为“真理”的被期待者何时
　　言说？
那么，难道是天空，在搓捻天使的绳索，
以便绞杀
高举翅膀的丝绸制成的旗帜，

在东方、西方、南方、北方
不断起义的群星？

有一种神灵的液体投生为水和空气；
有一些市场由地狱看守，那里艳丽的花园属于从未有人见过的世界；
而时间，是一个无边的仓库，其中堆积着记忆的纸页。
那么，请清空死者的骷髅！请把其中的一切，
让往昔之马牵引的车辆运到未来的仓库。
胎儿，子宫——胎儿！
鹅肝，太阳玫瑰，花的颈项，孕育万物的精液。
世界，正在生命之毯下死去。
生命，正在世界之毯下死去。
世界——生命

亚当——夏娃
理性——神话
大地饥饿，时间在吞食时间。

朋友们，去随同你们的伴侣，随心所欲、信马由缰地漂泊吧！
而我，将要变身为一只鸟儿，乘坐云毯，伴随我的历史遨游。
我知道我的时代，不过是一只聪明的猴子
正沿着一架盲目的梯子，攀登存在的山岭。

真理？
那是天空的计谋，
却是大地的饰品；
它的摇篮，正在魔鬼的外衣下炮制。

杀手针对被害者提出诉讼，
受理案件的法官名叫“侵略”，
——这便是美国政治时代的宪法。
为诉讼作证的人们为数不少，
他们在非丝绸的道路上来来去去，
他们没有祖国，
除了脚下的尘土
和魔鬼的犄角。

桂花！
在它的周边，是另一些致力于传播芬芳的
　　树友，
它们打开太阳的车门，礼待天际，
有时它们的树叶掉落，
有时它们弯腰，摇曳，起舞，
有时化身为门扇和钥匙，

有时如同灯盏一样照亮。

然而，那些声称医治流星之躯、银河之头的诊所，究竟是什么？
那是天空的诱惑，
屠宰的节日，
教条的劫难。
勇于创造的人们，为了世界的安好而彻夜不眠的人们！
请回答，请醒来！

太空啊，说吧，你难道没有厌倦于阅读天空吗？
该是阅读你自己的时候了。

我的眼睛啊！

从我童年起，你每次看到月亮安坐宝座，它
　　都在为杀手或被杀者鼓掌。
为什么那颗星星一见到月亮，就开始宽衣
　　解带？
之前，在星星床榻上的那位是谁？
不是我在问，那是床榻借我的舌头发问。

啊，我的梦，此刻犹如一只睡在雪中的鸟儿，
　　遮体的只有一双翅膀。
我担心现实之鹰会前来突袭。
啊，这个夜晚，将变成我的双腿间一条冰冷
　　的河流。
啊，这个白昼，将变成几乎在我肺腑间干涸
　　的湖泊。

脓疮汤，原子肉，毒水，铁面包：

这些，是机械的厨房为人类的权利和自由特
　　制的食品。

墙与人作对，它也是道路——
不过是通往猴子的道路。

雷电啊！我承认：
有一回，我帮助太阳，揭开它脸上云彩的
　　面纱。
请求你再给我一次机会，
让我纠正我和阿拉伯语之间的这种暧昧关系。

是的，在西方文明这具身躯上，有一种腐蚀
　　其骨头的病毒。
甚至西方文明这一称谓，也要发生改变。
如今，它正被捆绑在一间有着五堵墙的狭小

居室里：

“HA，DA，A，RA，TU”。[1]

新的思想开始在夜晚降生，然而，一到黎明，

这些思想就被迫自杀。

人们一致认为，个中原因并不在于阿拉伯古

人说过的名言：

“黑夜的话语，被白昼抹去。”

那么，原因到底何在？

佛陀，

你真的知道答案吗？

我有一位夜晚朋友，它执意离我而去。

我有一位白昼敌人，它决心捐弃敌意，与我

---

① 原文为阿拉伯语“文明”这个单词的五个字母，译文根据其读音改写成拉丁字母。

交好。

对于这个时代，我该赞美，还是咒骂?

似乎太空是一根会涂画的羽毛，但它涂画的
只是它自身。

天空穿上了一件新衣，

从上面，遮起了肚子的下方，

在下面，遮起了一位飞行的守护天使的双脚。

在这位天使的辞典里，

一切守护都是某种形式的灭绝。

“人之前”的一切，依然在出动大军，以制定
“人之后”的一切。

这是纸张的乐队，在吞噬词语的交响乐。

魅力

啊，当我行走在想象的丝绸之路，我希望能用
　　我的睫毛，拂去积落在爱的胸膛上的灰尘。
我希望能伴随月亮旋转，以看到地球的全
　　貌；我要摘一朵最美的花朵，向母性
　　致敬。
我希望能在西方朝向东方的脚步，和东方朝
　　向西方的脚步之间，建立永久的和平。

我想象我离别中国，行走在丝绸之路上。
我看太阳如何把离别转化为相会；

我看太空如何向银河下的过客张开怀抱；
我看太阳周围的星球如何像群马一样嘶鸣，
如何身着红衣，被波浪一样的缰绳牵引驰骋。
我看雨浇灌土地，吮吸云朵。
我看我自己以翅膀为荫，和迁徙的飞鸟分享
　　食物和饮水。

我在梦中漂泊，仿佛要把一颗星置于夜晚的
　　盘中，
但愿愿望的洪水把它冲散，分发给缺少光明
　　的人们。

你呀，我的睿智的疯狂！我如何增加你的睿
　　智和疯狂？
我如何说服闪电，在这个夜晚跳起雷霆的
　　舞蹈？

死亡的汗水，从活人的身体上渗出；
它并不区分燕子和蜘蛛，蜜蜂和蚂蚁，男人
　　和女人。
我的双手，正在为肝部遇刺的自由雕塑一座像，
然后把它放进一辆黑车，由两匹红马牵引到
　　虚无之地。

我的睿智的疯狂，请告诉我：
是否存在平行的时间？可以替换的空间？
正在鸣唱的飞鸟啊！这两个问题，我要置于
　　你两腿之间，
明天，我要把问题投入你的邮箱。

乳房，有着梨子的形状。
一把剑，从鸽子的颈项垂下。
在“真主之家”前方虔诚的绳索上晃荡的，

是已经成熟的头颅吗?
铁掌啊，圣战之铁，无声的圣战，你如何对
墨水和纸张讲述意义的烦恼?

我想起以我命名的第三棵树——桂花树，我
希望想象中的树根，礼待那些生发于我
的故乡村庄的思想。我出生于那个村庄
的青草和水泽之间，在滋养了阿拉伯语
肝脏的空气中成长。
我听到树根微笑着答应。
那么，就让中国和阿拉伯气候中的一切相似和
差异，尤其是黄山和桑宁山[1]的空气，相
聚相拥，和而不同，共同组成由艺术指
挥的友谊乐队，由友谊指挥的艺术乐队。

---

① 桑宁山：位于黎巴嫩西部的一座山脉，是黎巴嫩境内许多河流的发源地。

丝绸之路

空气知道，如何在丝绸之路上一分为二：
一部分属于创世之前，
另一部分属于创世之后。
“无”，是一切“有”的伙伴。

“今天，生命是有关埋葬时间的学问。”
一朵即将凋零的花儿如是说。
这朵花的历史，虚掷于挖掘坟墓、让死者复
　　活中。

沉默，在语言中，在纸页上。

我从矗立于高地和十字路口的雕像的内脏里，
　　听出了哭泣声，
每一座雕像上方，都有一颗迷途的星星，
让时间之线和空气之针重归于好。

绝望长着迷茫的脑袋，在街道上滚动；
天空是太阳的一次喘息，
行人在检查建造在希望之岸上的桥梁。

许多熟悉的玫瑰，散落在散发着迷津气息的
　　尸体上。
星辰的辞典，对于理解暴政的黑暗有何
　　裨益？
神秘的催眠术，对于探寻自然和超自然文字
　　的奥秘有何裨益？

丝绸之路，在部分日记中写道：
干旱季节的收成，由蚂蚁之腿拖曳。
每一个方向，都有人在撕碎旗帜。
漂泊的天空啊，把他们的脚步纳入你的尘埃。
尘埃啊，准备好如何吞噬他们的残垣。
对于那些为每一颗石子创造双唇和双眼的
　　人们，
对于那些带来另一种泥土、用于开辟新的天
　　地的人们，你怎么办?
可是，请告诉我：
时光啊，你的脊柱是如何断裂的?

尚未发表的丝绸之路随感录

在犹如颓垣断壁搭建的店铺一样的日子里，
在犹如急救车一样滴淌着鲜血的时辰，
在被割断器官的天体之下，
在日常死神犹如一位老扮少的遗老的地
　　方——
难民们、流离失所者、被屠宰者、士兵们
　　来了，
他们在同一个屋檐下，似乎都玩着同样的游
　　戏：杀戮的棋法！

人具有一种奇特的能力，擅长将“现有”出
售，换得“从无”的货币；
用“存在”购买“不存在”。

桂花札记：离去，等待回归

1

没有哪道光，能跟母亲脸上泛起的光媲
美——如果你懂得如何欣赏它。

2

每当你拥抱一个女人，就会有一个天使顺着
一架梯子降临人间，那梯子的每一阶，
都愤怒得几乎要燃烧。
这，恰恰是应该跟天使及其文化决裂的理由
之一。

3

如果你询问“爱情是什么”，就意味着你不想踏着爱的阶梯深入内心，也意味着你不想认识自己。

4

天空攫取了大地的面包，借口是要养活天空的卫兵；其实，它只想让自己和子女独享面包。

5

诗篇是一个女人，其身上的每一个点都是一块宇宙的刺青。

6

为什么阿拉伯和类似民族的时光之鸟，不会演奏存在之乐？

我这是问你呢——中国音乐！

7

童年是钥匙，它能繁衍出许多钥匙，

所有的门扇，特别是老年门扇，都为之鼓掌。

8

地上的石块梦想成为天际的云彩；

天际的云彩梦想成为地上的石块。

9

你满脑子想着拥有天上的乐园，

就不可能同时拥有大地的诗篇。

10

一神教的造物主自称按照自己的形象创造了人。

那么，荒诞是从哪里附身到这个形象中？
那是多么丑恶的荒诞！

11

在诗歌中，在艺术创作中，一切“稳重”都是致命的陷阱。

12

有必要思考不可能，这样才能书写可能。

13

是的，天空中的一切，都不过是大地迈出的若干步伐。

14

你无法赢得真正的生命，除非你杀死你身上

的死亡。

只有凭借爱和艺术，你才能杀死死亡。

15

据说，上界有七重天。

那么，宇宙啊，钉在你体内的天使之钉该有多么粗大，又有多么不幸！

16

去读书，就仿佛你永远在开始生命，或者永远不会死去。

去写作，就仿佛你在书写最后的遗嘱。

17

好的，那就让光明成为物质的呼吸，让空气成为它的喘息。

这是你懂得如何与未来三要素相处的最好方式——工作、金钱和性（阿拉伯人的三要素除外，那是权力、金钱和性）。

18

在此，我重复一句之前说过的话：

“人宁愿成为活人中的乞丐，也不愿成为死人中的国王。”

19

战争是人类的首要敌人。无论是战胜还是战败，其中没有正义。

20

天际，愿意变身为太阳田野里的一位农民。

丝绸之路的注解

我们阿拉伯人都知道：神灵会愤怒、折磨、
　　灭杀、祈祷。
问题是：那么，他为什么不会笑？

在阿拉伯语中，大多数生物都会活动、行走；
然而，这些生物，通常只是活动、行走于废
　　墟之间。

许多花儿在凋零、哭泣，
在一条已经干涸的“意义之河”的两岸。

改变世界？好吧。

可是，谁来改变，怎么改？

最近我听说，阿拉伯的月亮开设了一家事务所，出售月球里的茅舍

——那些茅舍，建立在欲望的岸边，神话的顶端。

或许与此有关，全世界已经退休的人们都开始兴建治疗翅膀的医院，

并把鸟巢改装成云中居民的修道院。

智者的吟唱，任何殿堂连它的回声都盛不下。

一只黑鸟，在演奏绿色的乐曲。

此句的另一种表达是——

“时光之鸟在演奏永恒之曲。”

阿拉伯人对于诗歌，只要求它解决他们的各
种问题。
这本身就是第一个问题。

天空是一口无边的巨锅，里面在熬着各种各
样的汤羹。

太阳是对白昼的重复，
白昼是对黑夜的重复，
两者是互不相识的孪生兄弟。
太阳是白昼的乳母，
但它又是黑夜的公主。

为什么，我们阿拉伯人的天空，
愿意成为黑夜的毯子，
白天的床榻？

拒绝诗歌的人民，
是肺部有病的患者。

有时，天空诞生于鸟的翅膀和儿童的脚步。
常常，事物只跟变幻的天际
订立所有的盟约。

梦想者——
从头部抓住道路；
用星星的乳液清洗路的双脚。

从今以后，在空气之书中选择你的坟墓，
让灰烬，守卫人们前往坟墓的道路。

我想象，我在丝绸之路遇见了孔子

我想象，我见到了孔子，
在薛庆国、吴浩陪同我前往黄山的路上。
私下里，我试图说服一棵桂花树
和一只长着新月般犄角的羚羊成为兄弟。

当我想把这个念头告诉孔子，
我听到岩石的笑声，
一朵野花向我伸手致意。

一个男人路过，似乎他在出售空气；

一阵风拂过，身后拖着一条长长的阳光纱巾；
一个女人路过，似乎她要让所有人相信：
时光把尘埃赐给永恒的喉咙，时光才是大师；
而永恒，不过是时光作品的目录。
是的，在此我还感到，旭日在怀疑它的兄弟
　　夕阳的意图。

孔子的声音，从松柏的根部传出，
正如阿多尼斯从没药树[①]的肺腑走出——
太阳在追随诗人们！

是的，继续工作，但不要停止创造对付死神
　　的游戏；
也不要离弃在你身上的童年。

---

① 没药树，产于阿拉伯、非洲某些地区的乔木或灌木，其树脂没药（也称“末药”）可作药材。

就这样去思考、写作、工作，
就仿佛是那抹去一切的风，赋予你不会被抹
　　去的名字。
你要说：诗歌不是工作，
工作应该成为诗歌，
生活本身如果不是诗歌，
那就不过是一种死亡。

友谊是否可以声称：唯有自己才是世界的
　　珍宝？
再见了，孔子，
再见了，黄山——男主人！
再见了，桂花树——女主人！
太阳在追随诗人们。

2019年3月，巴黎——北京

附录

云翳泼下中国的墨汁：北京与上海之行

2009年3月13日（星期五）

大约中午12点，从巴黎出发的我抵达北京。在机场迎接我的是薛庆国博士，北京外国语大学教授，阿拉伯文学的研究者与译者。正是他，让我的诗歌成为汉语怀抱中的宾客。他有很高的文化素养，说一口流利的阿拉伯语，与任何一所阿拉伯大学里的阿拉伯文学教授相比，也毫不逊色。

他陪我前往入住的友谊宾馆，并建议我在宾馆休息，次日再安排活动。我欣然同意。

机场至宾馆的路上，两旁的树木尚未长出新叶，不时能见到枝丫上的鸟巢，令我想起故乡村庄的树木和鸟巢。

宾馆位于北京城西——北京的高校和科技园区。天气依然偏冷，已经熄灭的宫灯，伴随着寒风的脚步飘曳；宫廷中的皇帝们，似乎只在书本中才死去。宾馆景色秀丽，犹如一卷古代的画册。繁复的雕饰与缤纷的色彩，仿佛与安达卢西亚[①]的雕饰与色彩一起摇漾。这种感觉，我也不知如何解释。

坐在宾馆的咖啡厅，与我作伴的时光，犹如长途跋涉后疲惫得无力嘶鸣的马群。咖啡厅的服务员，那个美丽的木偶，正在注视我。我在最后一排的一个角落里读着，写着，有时抬头望一眼那个姑娘，我想，她心里一定在说："又是一个奇怪的疯子。"

桌上小玻璃瓶里插着的玫瑰，向我伸出看不见的手。

---

① 阿拉伯帝国自公元8世纪起曾统治西班牙南部700多年，阿拉伯史称这一时期的伊比利亚半岛为安达卢西亚。

我的目光，正在追踪无形的天际里一朵隐秘的玫瑰。咖啡厅已开始揉起眼帘，如同一位早早醒来、睡眠不足的旅人。

你呀，隐秘的女子，正在陪伴我的女子，你是谁？

在我身后已有80个年头！你看，看历史的刀剑如何扎入其中切割穿刺，你能否听到铿然的响声？试着穿过覆盖那些岁月的云层，试着去阅读日子的骰子在岁月之上滚动留下的痕迹。

在我身后已有80个年头！

我在说什么？白日之梦不过是睡眠的另一种形式。

那么，我该彻底醒来，将变化的汁液注入词语，以便更好地描述中国；我该把天安门当作一面镜子，以映照我的问题；我该把问题搭成一个舞台，让意义的太阳在台上展示；我该在朋友薛庆国的陪伴下，翻阅生活编纂的辞典，搜寻其中的众多词语，无论滋养这些词语的乳房已经枯瘪，或者尚未发育。

从我的话语里迸发出一句：

历史的雷霆，击中了物质的躯体。

1

天空的椅子，

甚至容纳不下一个哭泣的儿童拨动的石子。

2

语言的云翳：

泼下中国墨汁的一群飞鸟。

意义的天平：

一端用以言说，一端用以发问。

3

从天空之梯独自降临的一颗星星，

仿佛带来了我正等待的一封邮件。

4

你不会因为年迈而死，

你是因为厌倦了童年的永恒而死。

5

“没有什么会死去。”

连死神都对你这么说。

死亡不过是一团泥巴，

捏成了一个最大的谎言。

3月14日（星期六）

我回想起1980年第一次访问北京时的情形。我想，最好从一个市场开始我的第二次北京之行。我想看看人们的日常生活，了解人们生活的方方面面。

我坐上了吴晓琴漂亮的英菲尼迪轿车，由她的学生唐珺作陪，前往秀水市场。吴晓琴是北京外国语大学阿拉伯语教师，阿拉伯文学博士，一位穆斯林，她的先生是北京一位著名的心脏科大夫。

街上车流滚滚，各式汽车应有尽有。我们走进一座玻璃外墙的现代化建筑，年轻的女摊贩们个个使出招数，要把外国人吸引到自己的店铺。珍珠，翡翠，几乎与宝石无异的石头，随处可见龙和凤的雕塑……

真的，这一切可以成为一本惊奇之书的开篇，或者作为一篇序言，置于研究“已逝”和无穷之间差别的著述之首。

吴晓琴问我：“累了吗？”我对她笑言：“当我贴着天边行走的时候，我的双腿常常会疲倦；而当随着人群行走在大地上，我却从不知疲倦。”

我和你一样，对于苔藓逆着水流而聚合，对于痛苦之水浸湿自由的衣衫，是不会感到意外的。

常常如此，司空见惯。

你看，我来自这样的地方：那里的人们在吞食着被炖烂的往昔和夹生的未来。每一个城市都是一只被屠宰的绵羊，每一个屠夫都声称自己是天使。

只有蛀虫在克尽厥职。

每一股涌来又流走的泉水中，都有一只丑陋的蟾蜍，或许有五只或十只。

刮起吧，孔子的风！刮起吧，菩萨和老子的风！让一切可感知的事物对我们敞开双臂！

吴晓琴的家敞开胸怀，欢迎我去用午餐。一个漂亮而富裕的家，她父母和儿子在门口欢迎。她说："我父母去年去朝觐了，感到非常幸福。"

"那么，他们向魔鬼投过石头了[①]。"

"是的。"

那是一顿丰盛的午餐。她父母像两朵玫瑰：根茎生在北京，花蕾却长在麦加。

晚上，薛庆国邀我在他家中，和从事阿拉伯语教学及阿拉伯文学研究的同事们相聚。他们每人都有一个阿拉伯语名字，或出于喜爱，或为图个吉利。仲跻昆，中

① 向象征魔鬼的柱子投石，是穆斯林在麦加朝觐时的一项仪式。

国阿拉伯文学研究会会长；郅溥浩，中国社会科学院研究员，阿拉伯古代文学专家；伊宏，社科院研究员，纪伯伦研究专家；李琛，社科院研究员，马哈福兹及苏非文学专家；张洪仪，北京第二外国语学院教授，从事阿拉伯现代诗歌研究；齐明敏，北京外国语大学教授，从事阿拉伯古代文学研究。此外，还有国少华、史希同、张宏、蒋传瑛、邹兰芳、吴晓琴及她的先生。

他们中有的人看待我们，比我们当中许多人看待自身更要深刻。他们似乎一起经历着我们的历程，怀着热情，但也怀有警觉。

1

钟点像一群羚羊徐步而行，
在时间的丛林咀嚼神秘的青草。

2

时间也会歌唱或哭泣，不仅仅用双唇，

而且用它所有的血脉。

3

生活，真是书本吗？

书本，真是生活吗？

抑或，生活是一回事，书本是另一回事，

两者迥然而异？

孔夫子啊，请你回答，请你回答。

4

诗人啊，请勿停止

对冒险的尝试，

尤其是撼动道路和行辙的冒险。

5

人的天际，

在于他不停地

将自身之内的自身

转化为一个意外。

3月15日（星期天）

颐和园。1980年首次访华时我曾来过。一切未曾变化，依然那么古老而坚固。那位热衷梦想的太后下令挖掘的湖泊，也沉醉于梦中，并与时光默契无间。游客大都是中国人，他们或在湖畔徜徉，或在湖中泛舟，每一个人都沉浸在自己梦想的水中。

中午，在友谊宾馆餐厅独自用餐。

餐厅装饰成橙黄色。身着黑色或红色外衣的姑娘们忙忙碌碌，各种色彩、动作和声响构成一曲交响乐，听由女性的柔美指挥。

如果我感觉在北京过得愉快，那是因为这里的日子散发着来自阴柔的根茎的芳香：我不仅是指女性，连大自然也是如此。我是否还有一点遗憾，因为来自另一个根茎——机械——散发的另一种气味，也笼罩着某些街道，某些商业场所。

机械是另一个神灵。哦，我们该有警觉，以免有朝一日机械和神灵主宰一切。

我乘电梯回到房间。白日之梦将我纳入怀中，似乎它在拥抱一个疲惫的儿童。

哦，你这遥远的、亲爱的宝贝，你的火焰，应该化作光明！

哦，你这个宝贝，你的光明，应该化作火焰！

告诉我：你亲密的双臂，如何能拥抱那迥异的世界？你是否觉得有所失，那失去的是什么？你是否觉得有所得，那赢得的又是什么？

天际有一块云彩，它害怕的只是蓝天——我想象我的白日之梦如是说。

蓝天上有一片天空，它害怕的只是云彩——我想象我的白日之梦如是说。

白日之梦牵引着我——

我的思绪正在醒来，向它未曾见过的宾客敞开花园之门。今晚，来自另一个时代的精魂和幻影将在其中入眠。我已瞥见了这些宾客，或者说，我似乎已瞥见他们乘着舟楫，正在穿越世界之雾驶来。我看到：来自彼岸的海鸥在他们四周盘旋，我依然希望，那彼岸会允许我的船靠近。

白日之梦牵引着我——
且慢，孔子，我的伙伴，
为什么，此刻你让我想起了哈姆雷特？
真的，我们务必要凿开天空之壁。
白日之梦牵引着我——
下一个时代，会成为一把中国琵琶吗？
音乐啊，你不会担忧宇宙的寒冷吧？
时代？不过是那湖泊的眼中一个转瞬即逝的幻念。
那湖泊随着地球旋转，不过，是在意义的肚脐上旋转。

不，我无法入眠，

思绪之刃在切割我的肢体。

北京外国语大学，国际会议厅座无虚席。

一次谈论诗的聚会。白日将自己的脸庞印在其间。每一位发言者都怀着诗一般的爱。每一位女听众，都像接纳自己的初生儿一样，对听到的一切敞开怀抱。每一位听众，都沉浸在阿拉伯语的音乐之中。我扫视着、打量着大厅里的一张张面孔；每一张面孔上，似乎都有一盏灯在闪亮。

晚上，出席出版社的招待晚宴。

诗人们、记者们是柔美的花萼，芬芳和友善弥漫于宴席的空中。

1

躯体，首先在于骨骼；

身体，首先在于爱情。

其余的，属于名叫“天空”的一种虚无。

2

真理，在于被人实践。

3

龙袍属于皇帝，

凤袍属于皇后。

4

西方？——“它是一种有毒的气味吗？”

空气向我发问。

5

芳香之水，从漂浮在友谊之湖的花朵上，

自由地滴落。

3月16日（星期一）

中午，北外副校长钟美荪教授设宴招待。我们似乎谈论了文化上对哈利·波特的担忧，正如战争中对火箭和炮弹的恐惧；谈到了模式化和趋同化；谈到担心北京的青少年变得和伦敦的青少年一模一样。

我们似乎还谈到：在道家哲学中，存在是人亲近的朋友，它如同一个答案；而在西方哲学中，存在似乎是遥远的，亦即它是一个问题。

午餐后，在什刹海畔的一家咖啡馆接受几位记者采访。记者的提问，显示他们不仅了解阿拉伯诗歌，而且也了解阿拉伯政治与文化的状况。湖畔坐落着许多咖啡馆和酒吧，还有一些小店铺，设法满足人数日增的外国游客的好奇。

整个街区都古色古香。漫步其间，你会感到这里的居民对生活、对外来者的热情，他们让日常生活成为一座露天的殿堂。老宅与胡同，渗出了记忆的汗水，跳动着古老历史的心脏。

在这里，你会感到，似乎亡故之人不曾死去，而是依然存活在阳光、微风和流水中。你会产生一种愿望，想看看“古老”如何身穿活生生的“现代”的外衣。

对“已逝”的天际关闭的窗户何其少，也可以说，对“未来”的天际洞开的窗户何其多。

假如这里的过去是指一片阴影，投射在劳动的双手上、思考和筹划的大脑里，那么，你还会感到有精魂和幻影在你身边游荡——倒并非要将你拉进古老的宅第，而是相反，要在你耳畔低语，诉说他们为你的现时着迷，渴望与你一起生活，与你分享生命、思想和知识。仿佛“过去”也走出了自身，渴望变成“现时”。

街道和胡同里的喧嚷，不过是生活洪流发出的浩荡之声，在那洪流涌出的源头，你已无法辨认新泉与旧潭。男女老少，就从这样的源头走了出来，他们打量着你，向你微笑，似乎都愿意陪你走上一阵。

仿佛已逝世界和现实世界的界限，正转化成轻薄而透明的帷帘。

晚上，和从伦敦赶回北京的诗友杨炼及他的朋友们——芒克、麦城、陈晓明、曾来德、唐晓渡、韩作荣、张懿玲、赵四、然墨等共进晚餐。

觥筹交错之际，我感受到了黄酒之杖发出的神奇敲击声的诱惑，诗歌之手在身体的空中舞动着那根杖。

当晚的天空披着冬末时分的灰装。在告别诗人们之际，我想象着：今夜的北京一分为二——一半属于爱情，一半属于诗歌。

晚餐后，我们前往著名书法家、画家曾来德的寓所。一座豪华、宽敞而不失精致的大宅，被用作画室和展厅：既展示他的作品，也陈列了一些中国古代雕塑。那些珍贵的雕塑富有力度和美感，令人惊奇。整个房间似乎就是一幅画作，是黑与白，或者白与黑——那正是他的书法和画作的色调。

注视着曾来德的作品细细品味，你会发现：大自然仿佛变成了一组创始的字母；手稿，书本，梦幻，天际，不同的时间与空间，都从其间迸发而出。你在欣赏这些作品时，还会看到：

一座大山借着蝴蝶的翅膀飞翔；
一只蝴蝶栖落在叫作苍穹的蓓蕾上；
太阳向你示爱，但首先将你诱惑；
行进中的幻影，将臂膀搭在光的肩头；
你的内心深处会燃起一个念头：在墨汁的原
　　子里，去作一次远行。

在这样的字母里，时光的脚步是轻盈的。它借灰烬的色彩走门串户，头戴一顶集季节于一身的王冠。从这顶王冠上，放射出黑墨的线条泼洒在帛纸上。

1

可能将现实拥入怀中，

空气将物质夹在腋下。

2

言说即是让词语安静，

而不仅是将词语道出。

话语是一个问题，

它有关社会的勇气，

而不是语言的勇气。

3

她说：

有一个身体，每当与之相遇，

我总要想象另一个身体以对付我的欲望。

这个夜晚，

诗人在她芳香的怀抱里入眠。

4

旅行不是求知的方式，

旅行是爱的方式。

5

北京，

她的心脏位于太阳的肚脐上。

3月17日（星期二）

杨炼、欧阳江河、唐晓渡、汪剑钊、蓝蓝、西川、树才、穆宏燕等人。

这些诗人将中文向世界文学开放（俄语、英语、法语、波斯语，等等），并在那辽远的疆域中遨游。我们结识，交谈，一起远行。在此，旅行，与其说是求知的方式，毋宁说是爱的方式。于是，我们每一个人在凝望自己前往的那个国家的星空时，就能看见星星的玉腿，就能抚摸其酥胸。

798，曾是一家兵工厂的编号，现今已是一大片艺术园区。我在几个展厅里走马观花，漫无目的且走且看。但我发现了两大意外。

一是黎巴嫩-巴勒斯坦裔艺术家莫娜·哈透姆的个展；二是中国艺术家邱志杰的个展。两个展览都由尤伦斯当代艺术中心（UCCA）举办，前者题为“蔓延的丈量”，后者题为“破冰”。

在此之前，我已看到了舒勇演绎的中国民间神话，看到了他笔下呈现为女性形象的观音菩萨；看到了舒杰的《小眼看世界》——画中人睁着小眼，面对奇异的大千世界疑惑不解；我看到了概念先行，看到了表达象征意义和思想的急迫，看到了色彩和艺术只被视为表达概念的工具，仅居次席。

而《破冰》则是一系列规模庞大的作品。首先映入眼帘的，是中国南方生活场景，展示了各种日常器具、用品。其次是称为“失败之城”的装置，由四只乌龟、四面墙壁、四扇门洞组成，却没有顶部，墙头覆盖着一些植物，作品旨在象征登峰造极的失败。还有一件作品称为《芝诺》：世界在不停地运动，而那位站立的小人却停止不动。我还看到了《内部的风暴》和《建国方略》。这些作品构思精妙，意蕴丰富，艺术手法颇为老到。

至于莫娜·哈透姆展出的部分作品，之前我在其他地方也曾见过。她是位见解独特、勇于创新的艺术家。她打造了想象力的风琴，将直观的感觉和深刻的意蕴、将元素的物理和情感的化学融为一体。

798这座艺术之城，容纳了中国的乃至世界的创造性艺术能量，它是座开放、运动之城，它渴望探索，渴望走出教条主义的思想与文化，摆脱抹杀愿望和梦想的一切。

3月19日（星期四）

在游览天坛一饱眼福之后，在前往新浪网接受专访之前，我在幻想的世界作了一次远游。

是的，在历史之墙的石缝之间，生长着一种无可名状的青草，连那些沉重的巨石也无法将它碾杀。那青草便是明证：生命不可征服，生命是最终的胜者。

我曾游历世界，我去过铁皮打制的花园，我和铜铸的身体有过碰撞，我见过树木垂头，而枝丫都变成一架架弩炮，向着成长在想象之田野的果实射击。

那些巨石的主人，且慢，请听青草的学生向你们质问：

你们，我的中国记者朋友，未来世界可能的信使们——蒯乐昊、木叶、张璐诗、石剑峰、田志凌、徐瑾、谢绮珊、陈潇、王珏磊、琪鹏、康慨、刘波——请听我说：

该让我们的语言从沉睡中醒来，让它更接近诗歌，从诗歌手中接过滋养创造力的食粮——我知道：在部落起舞、在世系击掌、在跛腿的时光凄惨地坐在空间的门槛上喘息的地方，这种创造力，正受到记忆和血缘的病症困扰。

我知道：藏身于时光黑暗的肺腑中的熔岩，被饥饿的历史暗暗掷出，正在沸腾、四溅；那些堆聚成各式形状的沙子绝不知道如何摆脱这熔岩。

在我们这里，在距地中海最近——或许又最远——

的我们这里，我们能将“主麻日”[1]从一周的七天中取消吗？或者能赋予它另一个名称吗？否则，时间的车舆，或许将一直徒劳地寻找适合导向未知的车轮。

1

不要说：“我的形象。”要说：
“你，是除了你的形象以外的一切。”

2

让我感受迷惑吧，我的灵魂！

3

“在中国的月亮里有一个情色的幽灵。”
一位阿拉伯天象学家如是说。
诗人是相信此言的第一人。

---

① “主麻日”为阿拉伯语中星期五的音译，也可意译为“聚礼日”。按照教规，穆斯林于每周五午后举行集体礼拜。

4

去贴近深渊，

以便懂得如何向光明攀登。

5

我的迷途的向导啊，

身穿你衣袍的，

不正是我？

3月20日至21日（星期五、星期六），上海

上海，聚会开始，却没有离散的时候。

万物都披上了湿漉漉的衣衫，那衣衫被盛在神秘之瓶里的一种奇特的香水洒湿，它的腋下是疑似想象的现实，它的袖间是疑似现实的想象。

聚会开始，却没有离散的时候。一切可能都是宾客。

钟楼四处可见，幽冥之酒在钟楼下方流淌。不，女人不是黑暗，男人也并非闪电。他们是怀有同样欲念、渗出同样汁液的同一种树木：同样向往生活、爱情、诗歌、钱财（常常如此）与政治（偶尔如此）。每一样事物都是一翼风帆。

码头坚实而稳固，然而缆绳却左摇右摆。鲸鱼、鲨鱼、海龟、沙丁鱼，来自同一个族类，在长江——中国最长河流——的入海口，散发出咸腥的海味。

文具店、电器店、网吧、大屏幕鳞次栉比，构成了一个乐团。你别无选择，只能倾听这样的音乐。那么，把你的耳朵交给螺号，去听世界的喧声吧。

而我，今夜将守着意义的坟墓不眠。与我一起夜谈的，是我中文诗选的编辑王理行、译者薛庆国及上海的诗人们：默默、郁郁、叶人、祁国、远村、叶青，以及美丽而年轻的女诗人梅花落。每个人都在询问自己的身体：你是一排浪吗？为什么要睡眠？睡眠，犹如蝙蝠的眼睛、坟墓的颈项。

这便是上海。五光十色谱成的音乐，由高楼大厦的乐队演奏。今非昔比。1980年，我曾来过这里。我从它脸上读到：世界是如何重新创造的。那时候，天际听不到大洋的涛声，语言是羞怯的，几乎没有声响。

这便是上海。

资本无处不在，头上戴着一顶隐身帽。昔日的红砖房和旧街区，变成了林立高楼中的花园。人民广场的四周，便围坐着这些头顶玻璃纸帽子、如明星一般的高楼。而昔日，甘蔗倚靠在小店的墙壁上，如同行军后筋疲力尽的士兵；黑色的忧伤，似乎从把甘蔗自远方田野里运来的农夫臂膀上渗出。

我的胸中响起喧嚣声。

谁能够、谁知道告诉这喧声：请安静！

不，泡沫的制造不会将我诱惑，虽然它几乎成为这个时代的缩影。这是哪一朵玫瑰，把自己的身体委身给一张塑料的床榻？

然而，我正路过一枝莲花，我说服我的眼睛：

无论你走向何处，

菩萨，以女人的形象呈现，

岂不美哉！

1

时代，

如同在意义的飓风中飞起的纸片。

2

意义的源头，

有一双哭泣不停的眼睛。

3

机械，在今天，

是半个男人，半个女人。

4

云是一件撕破的衣裳，

苍穹的身体为此作证。

薄暮时分，黄浦江畔，水泥变成了一条丝带，连接着沥青与云彩，连接着东方的肚脐与西方的双唇。

金茂大厦正对天空朗诵自己的诗篇。雾霭，如同一袭透明的轻纱，从楼群的头顶垂下。天空叠足而坐，一只手搭在西藏的肩头，一只手搂着纽约的腰肢。

外滩人行道上，妇女们一个个闪亮而过，用她们的睫毛，抓住时间，狩猎距离的飞鸟。

我打量着，看宇宙之蛹如何破茧而出，如何在机械的周围伸展身子。而操纵这机械的，是一个并非来自现实，也非来自神话的神灵，它来自另一个创世的伤口，另一个幽冥的所在。

在天际，有一个声音在低语："人啊，你弯曲的脊梁，是劈开世界的另一道深渊。"

此刻，我可以道一声"再见"了，然后返回人民广场的国际饭店，将我的头埋进痛苦的被褥。这痛苦，如阿拉伯人一样，也如同宇宙——这个抽泣得几乎窒息的儿童——一样。

没有谕示。

然而，我略有伤感，因为机场安检不许我将一瓶中国墨汁带上飞机。

那么，我要向构成这墨汁、形成这华丽的黑色液体的一切元素致歉。

没有谕示。然而，生命一定要长有翅膀，翅膀一定要在语言的怀中扑扇。可是，别了，上海，如果我未曾再一次将你造访，我担心人们会说：

“他在这世上来了又去，却一无所见。”

纸，已在问题的墨汁中旅行；
墨汁，已在声音中旅行；
你呢，声音，你要前往何处旅行？

阿多尼斯年表

薛庆国编

1930年

9月14日，生于叙利亚北部海滨城市杰卜莱附近村庄卡萨宾，父母为他取名“阿里”，全名为：阿里·艾哈迈德·赛义德·伊斯伯尔（Ali Ahmad Said Esber），昵称“阿鲁什”。父亲艾哈迈德务农，虽家境贫穷，但喜爱阅读，对宗教及阿拉伯古典诗歌颇有造诣。母亲名哈斯奈·里雅希，文盲，2014年去世，享年107岁。阿里另有一姐，一妹，三个弟弟。

1935年起

因父母无法支付学费，只能在附属于清真寺的私塾接受初等教育，并在父亲指导下学习阿拉伯古诗及《古兰经》。

1944年

叙利亚独立后的首任总统舒克利·库阿特利前往阿里家乡所在的省府城市塔尔图斯市视察，阿里获悉后，步行前往塔尔图斯，获准在总统面前朗诵一首自己创作的爱国诗。总统大为赏识，当场允诺由国家资助他就读城里的法国学校。

1944—1946年

在塔尔图斯法国学校就读小学、初中。1946年法国人撤离叙利亚，该校关闭。转往城里另一所中学就读。

1947年

初中毕业。前往北方港口城市拉塔基亚就读高中，同时写诗，并从事政治活动。

1948年

加入左派政党——叙利亚民族社会党。开始在新近创立的叙利亚首家诗歌刊物——《竖琴》（*Qitha'r*）上发表诗作。为引起编辑注意，他给自己起了源自古希腊神话的笔名：阿多尼斯（Adonis或Adunis）。据他自述，这个有点洋气的笔名给他带来了好运，曾经屡次退回他稿件的一些报刊，后来纷纷采用其稿。

1949年

高中毕业。见到叙利亚民族社会党领袖安东·萨阿戴。

1950年

进入大马士革大学法学院，后转入文学院哲学系读书。

1951年

开始在贝鲁特著名文学刊物《文学》（*A'da'b*）上发表诗作。其长诗《大地说》引起关注。

1952年

参与编辑叙利亚民族社会党机关报《建设》（*Bina'*）。结识大马士革女子师范学院学生哈丽黛（Khalida），两人开始恋爱。父亲去世。

1954年

从大马士革大学毕业，获哲学学士学位。发表长诗《空虚》。被征召入伍。

1955年

因曾加入左派政党，在服役期间入狱半年多，其间受尽各种不堪回首的折磨。

1956年

结束兵役，与哈丽黛结婚。婚后两人前往邻国黎巴嫩谋生。在黎巴嫩多种报刊上发表诗作。

1957年

与黎巴嫩诗人优素福·哈勒共同创办日后在阿拉伯诗坛具有重要影响的《诗歌》（*Shi'r*）杂志，并在杂志附属出版社出版第一部诗集《最初的诗篇》。杂志定期举办周四诗歌沙龙，吸引黎巴嫩本地及来访的国外诗人参加。这一沙龙和《诗歌》杂志一直持续到1963年。担任社会民族党机关报《建设》报主编。

1958年

出版诗集《风中的树叶》。因政见不同，被社会民族党部分党员攻击。长女爱尔瓦德（Arwad）出生。

1960年

获法国政府资助，去巴黎一所犹太人学校进修法语及法国文学，不久中断学习，遍访巴黎，结识了阿拉贡等法国诗人。退出社会民族党。

1961年

回到贝鲁特。出版诗集《大马士革的米赫亚尔之歌》。作品体现了苏非神秘主义思想和西方哲学对诗人的影响，表达了对阿拉伯文化的批判与反思，突出展现了诗人叛逆传统的一面。评论界认为，此作在阿拉伯现代诗歌史上具有里程碑意义。获《诗歌》杂志创作奖（*Shi'r* Magazine Prize）。

1962年

编选出版《优素福·哈勒诗选》。

1963年

与妻子哈丽黛一起入黎巴嫩国籍。

1964年

编选出版《阿拉伯诗选》第一、第二卷，第三卷于1968年出版。阿多尼斯以现代眼光，从卷帙浩繁的古代诗文集丛中，挑选富有思想与美学价值却往往被文学史贬低乃至忽略的诗歌，编纂成书。在1996年再版的前言中，他自豪地表白："它已成为阿拉伯诗歌艺术和美学上的首要参考。"创办文学刊物《地平线》（*A'fa'q*）。

1965年

出版诗集《在日夜的领地变化迁徙》。编选出版《赛亚卜诗选》，赛亚卜为伊拉克当代诗人，被公认为阿拉伯新诗运动的先驱。与其他四位作家共同创立黎巴嫩作家协会，至今仍是该协会成员。

1968年

创办诗歌刊物《立场》(*Mawa'qif*)，该刊共持续25年，出版74期。出版诗集《戏剧与镜子》。获贝鲁特书籍之友奖（Prix des Amis du Livre）。

1970年

出版诗集《灰与花之间的时间》。

1971年

出版第一部诗论著作《阿拉伯诗歌导论》。担任黎巴嫩大学教授，至1985年。获匹兹堡叙利亚黎巴嫩国际诗歌论坛奖（Syria-Lebanon Award of the International Poetry Forum）。次女尼娜（Ninar）出生。

1972年

出版论著《诗歌时代》。将黎巴嫩剧作家乔治·谢哈德的两部法文剧作《法斯库的故事》《布波尔先生》译成阿拉伯文出版。

1973年

获黎巴嫩圣约瑟大学博士学位。出版译作《布里斯班的移民》《紫罗兰》(乔治·谢哈德剧作)。

1974年

博士论文《稳定与变化》分四卷陆续出版。作者认为，阿拉伯思想史的主要特征是近乎“沉睡”(Suba’t)的“稳定”(Thaba’t)，以因袭、守旧为特征的“稳定”已成为妨碍阿拉伯人前进的桎梏；阿拉伯文化的真正价值，在于其中长期处于边缘的“变化”因素；以“变化”超越“稳定”，是阿拉伯文化的希望所在。这部旨在重写阿拉伯思想史、诗歌史的巨著，在阿拉伯文化界引起震动，奠定了阿多尼斯作为当代阿拉伯最重要思想家、理论家之一的地位。获黎巴嫩国家诗歌奖（National Poetry Prize）。

1975年

出版译作《谚语之夜》《旅行》（乔治·谢哈德剧作）。

1976年

翻译出版法国先锋派诗人圣·琼·佩斯的《圣·琼·佩斯诗歌全集》。为躲避黎巴嫩内战，携家人回到叙利亚，被大马士革大学聘为教授，加入总部设在大马士革的阿拉伯作家协会。1990年代初因和以色列作家同堂出席国际会议，被该协会除名。

1977年

出版《复数形式的单数》。这首长诗全面展示了诗人的精神世界，是其代表作之一。

1979年

出版诗集《长诗五首》，译作《拉辛剧作选》。

1980年

出版长诗集《这是我的名字》，论著《世纪末的开端》。在巴黎第三大学任副教授，至1981年。7月，以黎巴嫩作家身份首次到访中国，与中国多位作家、评论家作深度交流。在贝鲁特《白日报》分两次以五个整版的篇幅，记述他对“文革”之后的中国印象，题目分别是《翅膀，在广阔而惊人的大空扇动》《百花齐放，百家争鸣》。20年后诗人在接受记者采访时又谈及此访：“那次中国之行，让我看到一个沉闷、封闭、伤感的中国。但我听说，现在的中国已完全不同。所以，我现在有个强烈的愿望，想再去中国看看，重访北京或上海。”

1982年

编选出版埃及诗人绍基的《绍基诗选》，伊拉克诗人鲁萨菲的《鲁萨菲诗选》，叙利亚思想家卡瓦基比的《卡瓦基比文选》。

1983年

编选出版埃及思想家穆罕默德·阿卜笃的《穆罕默德·阿卜笃文选》，叙利亚思想家拉希德·利达的《拉希德·利达文选》，伊拉克诗人宰哈维的《宰哈维诗选》，沙特近代思想家穆罕默德·本·阿卜杜·瓦哈卜的《穆罕默德·本·阿卜杜·瓦哈卜文选》。哈丽黛女士参与编选上述作品。当选法国马拉美学院（Académie Stéphane Mallarmé）院士。被法国政府授予文学艺术军官勋章（Officier de l'Ordre des Arts et des Lettres）。

1984年

在法兰西公学院（Le Collège de France）作四次关于阿拉伯诗歌的演讲。法国诗歌之家（Maison de la Poésie）举行为期四天的阿多尼斯诗歌朗诵与研讨会。获联合国教科文组织颁发的毕加索奖章（Médaille Picasso）。

1985年

在法国诗歌之家演讲的阿拉伯文版结集出版，书名为“阿拉伯诗学”。出版以黎巴嫩内战为题材的诗集《围困》，另出版论著《诗歌政治》。在美国乔治敦大学任访问学者一年。

1986年

翻译出版法国当代诗人博纳富瓦的《博纳富瓦诗歌全集》。获布鲁塞尔国际诗歌双年展大奖（Grand Prix des Biennales Internationales de la Poésie）。任阿拉伯国家联盟驻联合国教科文组织常任代表，至1989年。全家开始定居巴黎。应国际笔会之邀，作为荣誉嘉宾（Guest of Honour），参加在纽约国际笔会俱乐部的活动，为期一周。

1987年

出版诗集《行进在物质地图上的欲望》。

1988年

出版诗集《纪念朦胧与清晰的事物》。译作《鲁祖米亚特选》（阿拔斯朝大诗人麦阿里诗作）在法国出版。

1989年

在日内瓦大学担任副教授，至1995年。

1990年

出版论著《初始的话语》。当选法国世界文化学院

（Académie Universelle des Cultures）院士。

1991年

获法国让·马里奥外国诗歌奖（Prix de Poésie Jean Malrieu Étranger）。

1992年

出版论著《苏非主义与超现实主义》。

1993年

出版论著《〈古兰经〉文本与写作天际》及《权势与话语》，出版文化回忆录《你啊，时间》。获意大利菲罗尼亚奖（Premio Feronia-Città di Fiano）。

1994年

出版诗集《第二套字母》。这部诗集对阿拉伯新诗的实验意义和先锋性作了大胆探索，是诗人代表作之一。获土耳其希克梅特文学奖（Nazim Hikmet Prize）。

1995年

出版诗集《书：昨天，空间，现在》（第一卷）。1998年、2002年分别出版该作品第二、第三卷。诗人在谈及此作时表示："这三大卷诗集，是我迄今为止诗歌生涯的巅峰之作。它是我几十年前就已着手的重新审视阿拉伯政治史、文化史这一文化工程的重要里程碑。我在诗中回到阿拉伯历史的本原，在阿拉伯文化的身体内旅行。如果说但丁是在天空遨游，那我就是在大地神游。而阿拔斯时期的大诗人穆太奈比，则充当了我的旅行向导。还可以说，这部诗集既向阿拉伯历史表达爱恋，同时又跟它做痛苦的决斗。"获法国地中海外国文学奖（Prix Méditerranée-Etranger），法国黎巴嫩文化论坛奖（Prize of Lebanese Cultural Forum）。

1996年

在大马士革出版三大卷《阿多尼斯诗歌全集》，分别为短诗卷、长诗卷、散文诗卷；但不少诗作并未收入其中。在普林斯顿大学任高级研究员一年。

1997年

被法国政府授予文学艺术统帅勋章（Commandeur de l'Ordre des Arts et des Lettres）。获马其顿金冠诗歌奖（Golden Wreath Award）。

1998年

出版诗集《风的作品之目录》。在柏林高等研究所任研究员，至翌年。

1999年

获意大利诺尼诺奖（The Nonino Prize）。

2000年

获意大利莱里奇–皮亚奖（Premio Lerici-Pea），法国阿兰·波斯盖诗歌奖（Prix de Poésie Alain Bosquet）。法国阿拉伯世界学院举办阿多尼斯拼贴画展及朗诵活动，纪念他70岁诞辰。再度担任柏林高等研究所研究员，至翌年。在柏林高等研究所举办个人拼贴画展。

2001年

获颁德国歌德勋章（The Goethe Medal）。

2002年

出版论著《蓝鲸之乐》，译作《变形记》（古罗马诗人奥维德名著）。

2003年

出版爱情诗集《身体之初，大海之末》，诗集《预言吧，盲人》。在巴黎区域画廊（Area Gallery）举办画展。

2004年

翻译出版法国诗人，前总理德维尔潘的《燃烧的大地：德维尔潘诗选》。与法国女作家尚德兰·沙瓦夫（Chantal Chawaf）合作出版法文著作《不完整的身份》，其阿拉伯文版于次年出版。获阿联酋苏尔坦·阿维斯文化奖（Cultural Prize of Sultan Al-Oweis）。被日内瓦大学授予名誉博士学位。

2005年

出版散文、杂文集《黑域》；出版《阿多尼斯对话集》（1960—1990）三卷。获意大利邓南遮奖（Prize D'Annunzio）。

2006年

与女儿尼娜合作出版法文谈话录：《与我父亲阿多

尼斯对谈》。获颁意大利内阁奖章（Medal of the Italian Cabinet），获意大利皮奥·曼朱国际研究中心奖（Pio Manzu-Centro Internazionale Recherche）。

2007年

出版诗剧《女人身体上撕裂的历史》，诗集《出售星辰之书的书商》。获挪威比昂松奖（The Bjornson Prize）。被贝鲁特美国大学授予名誉博士学位。在约旦安曼的舒曼画廊（Shuman's Gallery）与伊拉克画家海达尔举办双人画展。

2008年

出版诗集《安静，哈姆雷特：你能嗅到奥菲莉娅的疯狂》，散文、杂文集《语言的头颅，沙漠的身体》与《经典·话语·面纱》。2006年在埃及亚历山大图书馆作的四次演讲结集出版，书名为“亚历山大演讲录”。诗集《书：昨天，空间，现在》(第一卷)获法国马克斯·雅各布最佳外国图书奖(The Max Jacob Award)。另获意大利颁发的四个奖项：格林扎纳·卡佛奖(Premio Grinzane Cavour)，乔瓦尼·帕斯科利奖(Premio Giovanni Pascoli)，阿尔贝里科·撒拉欧洲文学奖(Premio Litteraro Europeo Alberico Sala)，韦尔切利奖(Premio Citta di Vercelli)。先后参加在大马士革阿塔西画廊(Atassy Gallery)举办的阿拉伯诗人画家四人展，在卢浮宫举办的东方书法群展。

2009年

首部中文版诗选《我的孤独是一座花园》出版；3月，来华出席首发式，并在北京、上海两地交流、参观9天。11月，获中国第二届中坤国际诗歌奖，赴北京出席颁奖仪式。获捷克布拉格言论自由奖(Freedom of Speech Award)，获意大利罗伯托·斯卡拉奖(Premio Roberto Cicala)。

2010年

出版诗集《渴的答案，不仅仅是水》与《花粉的空间》，诗剧《树，倚靠着光》；编选出版《阿拉伯诗歌一行诗选》。在国际学术界享有盛誉的《诺顿理论与批评选集》（The Norton Anthology of Theory and Criticism）推出第二版，其中共收入从柏拉图至今148位理论家的著名篇什，并首次收入阿多尼斯和李泽厚等4位非西方理论家作品。阿多尼斯入选的作品是其著作《阿拉伯诗歌导论》中的两章。

2011年

出版诗集《耶路撒冷协奏曲》；审校阿拉伯文版《特朗斯特罗姆诗歌全集》，并撰写序言《话语的黎明》。与友人哈里斯·优素福共同创办文化季刊《他者》（*Al-A'khar*）。获德国法兰克福歌德奖（The Goethe Prize），西班牙巴塞罗那金珍珠奖（Premis Internacionals Terenci

Moix)。针对愈演愈烈的叙利亚危机，先后发表《致巴沙尔总统的公开信》(6月14日),《致叙利亚反对派的公开信》(7月13日)。在两封公开信中，他既严词批判独裁政府，又质疑缺乏纲领、争权夺利、挟洋人自重、只求改变政权的“反对派”，因而在阿拉伯文化界引起极大争议，受到叙利亚部分反政府人士的谩骂乃至死亡威胁。

2012年

10月，赴香港参加“国际诗人在香港”活动，并顺访北京。中文版诗选《时光的皱纹》在香港出版，中文版文选《在意义天际的写作》在北京出版。出版杂文集《奢侈——致物质之歌》。出版四卷本《阿拉伯古代散文选》。获授法国荣誉军团勋章骑士勋位 (Chevalier de l’Ordre de la Légion d’Honneur)。被法国雷恩大学授予名誉博士学位。

2013年

获德国彼特拉克奖（Petrarch Preis）。8月，赴西宁领受第四届青海湖国际诗歌节金藏羚羊国际诗歌奖。中文版诗选《我们身上爱的森林》在青海出版。应上海民生美术馆“诗歌来到美术馆”主办方之邀，前往该馆举办名为“白昼的头颅，黑夜的肩膀”的画展。获意大利佩斯卡拉（Pescara）诗歌奖。诗集《索卡洛》的法文版、阿拉伯文版先后出版。

2014年

获匈牙利笔会颁发的贾纳斯·潘诺尼乌斯国际诗歌奖（Janus Pannonius International Poetry Prize）。

2015年

出版散文集《城市的灰烬，历史的苦难》，八卷本《阿多尼斯诗歌全集》出齐。10月，出席2015台北诗歌节大师专题活动，并顺访北京。获印度颁发的库马拉·阿桑世界奖（Kumaran Asan World Prize）。获德国雷马克和平奖（Erich Maria Remarque Prize），因阿多尼斯质疑“阿拉伯之春”的政治立场，此奖在德国引起不小风波。

2016年

获摩纳哥皮耶王子文学奖（Prix Prince Pierre de Monaco）。

2017年

出版以黎巴嫩首都贝鲁特为主题的诗文作品集《贝鲁特：光的乳房》；与摄影家法迪·米斯里联合出版配诗画册《叙利亚：天空与大地共眠的枕头》。获首届美国笔会/纳博科夫国际文学成就奖（PEN/Nabokov Award for Achievement in International Literature），罗马尼亚特兰西瓦尼亚国际图书节大奖（Grand Prize of the Transylvania International Book Festival），首届中国上海金玉兰国际诗歌大奖。访问北京、南京，在上海、杭州两地举办画展。出席香港2017国际诗歌之夜活动。

2018年

接受黎巴嫩的广场电视台访谈，节目分6期播出，在阿拉伯世界引起很大反响。访谈的文字版以“这是我的名字：与阿多尼斯对话”为书名出版。获意大利海峡国际城市奖（Premio Internazionale Città dello Stretto）。获广州颁发的第13届“诗歌与人·国际诗歌奖”。中文版诗歌短章选《我的焦虑是一束火花》在南京出版。应北京鲁迅文学院之邀参加第3届国际作家写作计划，顺访广州、深圳、成都、南京、皖南多地。

ISBN 978-7-5447-7998-2

9 787544 779982 >

凤凰出版传媒网:www.ppm.cn

定价：48.00元